나무 비행기

# 나무 비행기

〈이경재 수필집〉

## 책을 펴내며

　신은 인간에게 한 가지의 재능은 주신다고 했습니다. 하여 이리 기웃 저리 기웃 하며 찾아보았습니다. 하지만 제게는 아무 재주도 주시지 않은 것 같았습니다. 연극을 배워 보겠다며 극단의 문을 두드려 보았으나 배우들이 분출해 내는 에너지에 놀라 스스로 그만두어 버리기도 했습니다.

　끈기도, 열정도, 노력도 부족한 자신을 탓하기보다는 '어떤 이는 못 하는 게 없는데 난 왜 이 모양이지?'라는 생각으로 단 한 가지의 능력도 주시지 않은 신을 원망하며 베짱이 같은 일상을 이어가고 있었습니다.

　그러던 중, 연전에 우연찮게 수필을 만났습니다. 그 일은 방황하던 내 삶에 크나큰 행운이었습니다. 수필은 내면의 소리에 귀 기울여 나를 좀 더 바람직한 인간으로 살도록 이끌었고, 거기에 몰입하여 새 삶을 찾는 행복도 느끼게 했습니다.

그렇게 지내온 지 일여덟 해, 난생 처음 수필집을 세상에 내놓습니다. 설레고 기쁜 마음은 잠시, 한동안 아까운 나무들을 베어내는 쓸데없는 짓을 저지르고 말았다는 부끄러움에 빠져들었습니다. 하나, 스스로를 북돋우는 선물이라 생각하고 눈 딱 감기로 했습니다.

　초름한 글에 정성껏 평을 달아주고 격려를 아끼지 않으신 곽흥렬 선생님께 고개 숙여 감사드립니다. 그리고 함께 수필의 길을 가고 있는 문우들에게 사랑한다는 말을 전합니다.

2017년 가을
이 경 재

# 나무 비행기

# 1

# 어머님의
# 유부 보따리

스무 해 넘게 어머님과 함께 지냈으나 천성이 게으른 나는 그 음식 정성을 전혀 배우려 하지 않았다. 현재 내가 그 때의 어머님 나이가 되려면 강산이 한 번 바뀌어야 하건만, 진즉부터 몹시 귀찮아하며 유부전골은커녕 잡채조차도 잘 만들지 않는다. 그러면서 아직도, '유전자를 압도하는 습관은 없다'는 연구결과를 들어 성실한 아버지와 어머니대신 얼굴 한 번 뵌 적 없지만, 틀림없이 계셨을 부지런하지 못한 먼 조상을 탓하며 살고 있다.

— 「어머님의 유부 보따리」 중에서

# 시간 속을 유영하다

장대비가 내린다. 베란다 창을 열어두면 시원할 터이나 굵은 빗줄기들이 안으로 우르르 뛰어들기에 오히려 꼭꼭 닫아 버린다. 금방 거실과 방은 틈새 하나 없는 **빽빽한** 열기로 둘러싸인다. 쉴 사이 없이 파닥이는 선풍기는 제 날갯짓에 시달려 더운 바람을 토해내고 손가락 하나 까딱하지 않는 나는 제풀에 지쳐 긴 숨만 내어쉰다.

온종일 글 한 줄 읽지도, 쓰지도 않은 채 더위 탓만 하다 밤이 되자 텔레비전 앞에서 리모컨을 눌러댄다. 그다지 마음에 드는 프로그램이 없다. 이리저리 움직이던 손이 오래 전 상영된 영화에서 제목만 따온 것 같은 '빅'이란 판타지 극에서 멈춘다.

영화 '빅'은, 당장 어른이 되고 싶어 했던 한 소년을 그렸다. 아이는 놀이공원의 마법 기계에 소원을 빌었고, 이십 년의 시간을 건너

띈다. 많은 일을 겪은 아이는 어른이 그저 부럽기만 한 존재가 아님을 알게 되고, 다시 기계 앞에 서서 본래의 모습으로 되돌아간다.

시간을 앞으로 쭉 잡아당겨 이십여 년 후로 간다. 여든 된 고집불통의 할머니. 지금보다 훨씬 늘어난 주름살과 자신만 보듬어 안으려는 치우치고 더 좁아진 마음, 심해진 관절염. 겉을 속이 따라잡지 못한 듯 몸보다 정신이 더 불편한 심술궂은 노인인 내가 서 있다.

시간의 강을 거슬러 초등학교 교사였던 서른 즈음의 나를 찾아간다. 여든이 넘은 시어머니는, 가사를 도울 사람을 두자는 나의 말에 완강히 반대하며 하루 종일 해도 해도 표가 나지 않는 집안일을 혼자 다 하셨다. 함께 사는 동안 김장 한 번 거들게 하지 않으셨다. 일이라고는 당신이 저녁 밥상정리를 다 한 뒤 개수대에 올려 주시는 그릇 몇 개를 씻는 게 다였다. 그럼에도 퇴근 후 집으로 다시 출근하는 심정이 되어 늘 허우적거렸다.

시어머니는, 호기심이 유달리 많은 내 아이의 온갖 질문들을 하나하나 허투루 넘기지 않으셨다. 막무가내 고집조차도 귀히 여겨 주셨다. 엄마인 나보다 아이에게 더 정성을 쏟으시는 걸 보며 자신의 계발을 위해 시간을 따로 갖는 게 몹시 이기적이라 여겼었다.

나와 눈높이가 그리 다르지 않은 아이들과 생활하는 것은 별 무리 없었으나, 가르치는 일과 상관없다고 여겨지는 여러 사무들을 처리해야 할 때는 적잖은 회의를 느꼈다. 누구에게나 삶은 힘들 것이나 직업을 가지지 않은 전업 주부들이 직장에 다니는 사람들보다는 행복할 것 같았다. 젊었으나 치열하게 살지 못했던 그 시간으로 돌아간다고 해도 그 때와 다르게 획기적이고 보람 있는 삶을 살게 될 가능성은 거의 없을 듯하다.

연전에 집 가까이에서 '살바도르 달리'의 전시회가 열렸다. 평일이어서인지 전시장 안은 텅 비어 있었다. 혼자, 해변 가까이 있는 탁자에 금속시계가 흘러내리고, 그 옆에는 뚜껑이 닫혀있는 붉은색의 동그란 회중시계가 놓여 있는 작품을 보았다. 그 탁자 위의 말라버린 나뭇가지와 바닥에 놓여있는, 산 것인지 죽은 것인지 가늠할 수 없고 무엇인지조차 알 수 없는 것에도 녹아내리는 듯하는 시계가 걸쳐져 있었다. 조금 떨어진 곳에 노란색의 광택이 나는 옷걸이에는 유리점토로 만든 파란색 시계가 역시 늘어진 형태로 걸렸었다.

시계들은 모두 바늘이 여섯 시를 약간 못 미치는 지점에서 꼼짝하지 않았다. 왠지 오후 시간일 것이라 여겨졌다. 여든까지 산다고 가정하면 현재의 내 나이쯤 되는 시각이다. 정지된 시계 앞에서 한 일 분쯤 가만히 서 있었을까. 감긴 태엽이 다 풀려 예순 살 언저리에서 작동을 멈춘 자동인형이 된 채 복잡하게 뒤틀려버린 시간의 카오스 속에 내던져진 듯 불안감이 엄습한다. 반사적으로 완벽한 원형의 내 손목시계에 눈이 간다. 큰 바늘이 성큼 발을 뗀다. 비로소 마음이 놓인다. 앞으로 이십여 년은 더 살아갈 성싶은, 멈추지 않는 시간 속으로 돌아가고 싶었다.

　늘어진 시계가 영원히 살고 싶어 하는 달리의 염원을 표현한 것이라 했다던가. 조롱에 갇힌 채 아주 작은 새만큼 쪼그라들어, 아이들의 조롱을 받으며 자신의 손아귀에 움켜쥐었던 모래알 수만큼의 긴 시간을 살아야 하는 운명을 탓하며 죽는 것이 소원이었던 '쿠마의 무녀'가 머릿속을 스친다. 백 년도 살기 어려운 평범한 인간인 것이 오히려 고맙기는 하다. 그러나 명화 도둑들까지 노리는 영원한 작품을 남긴 달리에 비해, 내가 죽은 후 잠깐이라도 내 글을 기억해 주는 이 있을까. 조금은 쓸쓸해진다.

　좋은 시나 소설, 음악, 미술, 춤 등을 읽고 듣고 보는 것을 무척 즐기지만 표현능력은 갖지 못했다. 해서 시인이나, 소설가, 성악가, 화가, 춤꾼 등이 되길 바란 적 없이 늘 감상자로서 만족해 왔다. 한데, 수필쓰기는 그러지 못한다. 이해하고 좋아하는 걸 넘어 내 글을 쓰고 싶었다.

　남들은 좋은 수필을 쉽게 잘 쓰는 것 같이 보인다. 나는 글쓰기가 왜 이렇게 어려울까. 어떤 일을 이루기 위해서는 일 만여 시간의 노력을 다해야 하며, 그 때 비로소 우리 뇌는 그 일을 하기 위한 최적의 상태가 된다고 들었다. 그것은 매일 빠뜨리지 않고 한 시간씩 글을 쓴다고 하면 삼십 년 쯤을 투자했을 때 좋은 작품을 쓸 수 있다는 걸 의미하지 않겠는가. 수필쓰기에 입문한 지 그리 오래지 않은 것에 위로를 삼는다.

오늘은 어제까지의 시간 물결들이 빈틈없이 밀려 들어와 이루어졌다. 나를 살아오게 한 고마운 시간이다. 그리고 쉴 새 없이 흘러드는 시간의 코스모스 속에서 내일이라는 새날을 만든다.

비가 그쳤다. 선풍기도 끄고 텔레비전도 끈다. 책과 책상이 있는 방으로 와 활짝 열린 문과 마주 서 있는 통유리 창을 한껏 민다. 제법 시원한 바람이 오간다.

글을 쓴다. 끊임없이 반짝이며 투명하게 다가오는 황금빛 시간의 바다 속에서 잘 늙은 여든의 내가 예순의 나를 향해 유영을 시작한다.

# 장미원에서의 하루

 릴케는 작은 고성에서 장미를 가꾸었다. 그는 장미를 찬미하며 고독과 슬픔, 사랑, 죽음의 시를 쓰다 종내 그 가시에 찔려 생을 마감했다. 그가 병상에서 남긴 마지막 말은 "인생은 멋진 것이다."였다 한다.

 광주 조선대학교의 장미원을 찾았다. 비가 온 뒤라 그럴까. 교문을 들어서니 맑은 오월 속으로 실려 오는 장미 어제향이 싱그럽다. 천여 평방미터의 아담한 공간에 이만여 주의 장미가 시인의 죽음에도 아랑곳없이 사람들을 위해 근심 모르고 피어있다.

 귀부인의 정열 검붉은 블랙 바카라 앞에, 창백한 지성인知性人인 보랏빛의 블루문이 서 있다. 세인트 페트리는 연두색의 고풍스런 멋을 뿜어내고, 어린 공주마냥 연분홍으로 치장한 작은 키의 히메가 아리땁다. 천진한 새빨간 크리스챤 디올 한 송이, 빨강 리무진 한 대도 부럽지 않을 자태다.

아기 속살 같은 크림 빛 미뉴에트에 끌려 손을 뻗다 멈추었다. 아이의 말이 생각나서이다. 몇 해 전 딸과 함께 뒷산에서 햇살 아래 투명한 날개를 편 채 가만히 앉아있는 잠자리를 보았다. 그 고운 자태에 홀려, 만류하는 아이를 무시한 채 잡아보았다. 어이없게도 너무 쉽게 손 안에 들어왔다. 잡자말자 곧 날려 보냈지만, 잠자리가 어쩌면 남은 생애를 부상을 당한 채 보내야 할 것이라며 원망하던 아이의 소리는 아직도 귓가에 맴돈다. 아름다움이란 가만히 보아야만 하는 것일 터이다.

소박한 흰 송이의 모던 슈러브와 자잘한 빨간 꽃송이며 초록 잎사귀의 도르트문트가 촘촘히 달려있는 덩굴장미의 아치를 지났다. 행복한 오월의 신부가 장미부케도 필요 없는 자유로운 손으로 신랑과 다정하게 손잡고 아이처럼 환하게 웃으며 아치를 뛰어나오면 좋겠다. 장미원을 꽉 채운 선한 사람들은, 초대받은 하객처럼 그들에게 아낌없는 축복을 보낼 것이다. 언젠가는 그런 광경을 볼 수 있으리라.

아이스버그는 흰 옷깃의 소녀 같았다. 고등학교 때 친구들과 함께한 시간들이 머릿속을 스친다. 하늘의 날개 달린 천사들도 부러워했던 사랑을 한 애너벨리를 낭송하고, 사랑하는 왕자이지만 자신의 사랑을 알지도 못하는 그를 위해 바다의 물거품이 되기를 택한 인어공주를 이야기하던, 순수했던 시절로의 회귀回歸를 꿈꾸게 한다. 몇 바퀴를 돌아야 그 때의 우리들을 만날 수 있을까. 생일날 내 얼굴을 스케치해 준 동무는 지금 무엇을 그리고 있을까. 차가운 순백의 꽃 앞에서 오랫동안 머물렀다.

진한 향기를 탐하여 살포시 내려앉은 빛깔 고운 나비를 상상하면 장미원 언저리를 수없이 맴돌았다. 앙증맞은 덩굴장미에 벌 몇 마리만 윙윙거리며 날아다닐 뿐 나비는 한 마리도 보이지 않았다. 지상의 가난한 언어로는 표현할 수 없는 고아한 미를 지녔다는 프시케도 장미의 고혹적인 매력 앞에는 주저되었던가.

장미 향기에는 여성들의 고유한 호르몬을 자극하는 성분이 들어 있다고 한다. 하지만 장미에 매혹당한 사람들은 여성뿐만이 아닌 것 같다. 장미원에 온 절반이 남자이다. 아름다움이란 기쁨이기 때문이런가. 평소 무뚝뚝하고 생기 없어 보이던 남자 노인들의 얼굴까지도 소년처럼 해맑다.

장미는 한순간의 안개와 바람일 뿐, 오래 가지 않는다. 모르는 새 지고 만다. 장미에게는 단명과 영원 중 한 가지의 선택권만 주어졌는지 모른다. 지지도 피지도 못하며 제자리에서, 희뿌연 하늘에서 쏟아져 내리는 땡볕이 대지를 녹이고 물기 없는 스산한 바람이 불며 천지가 얼어붙어 새 한 마리 날지 않는 계절을 끝없이 사는 것을 원치 않았을 것이다. 다만 온유한 봄 한 철을 잠시 향유하다 스러지길 바랐을 것이다.

장미의 가시는 누군가를 찌르기 위해 있는 것이 아니다. 꽃이 향내를 다 낼 때까지 마치 여왕을 호위하는 근위병같이 지켜주기 위해서이다. 다른 꽃들이 밉게 보아도 장미는 해마다 날카로운 가시에서 그저 남을 위해 화사한 꽃을, 향기를 만든다. 장미원을 나서며, '멋진 한살이'를 끝낸 시인 릴케를 추억한다.

# 잔소리

새로 산 운동화를 신고 수성못을 한 바퀴 돌았다. 새 신은 높은 통굽구두에 비할 바가 아니게 편하다. 걸음걸이가 가볍다. 높은 굽의 구두를 신었다고 주저리주저리 잔소리를 해 준 벗 덕분에 내 다리가 고단함을 벗는다.

부산에 사는 친구가 놀러왔다. 대구수목원에 가 보고 싶다 했다. 한참을 걷다 동무의 시선이 내 구두에 닿았다. 그녀가 내게 잔소리를 하기 시작한다.

"넌 아직도 키에서 해방 못 했냐. 요즘은 대학 교수들도 출퇴근 때 정장 입고 운동화 신는다. 당장 운동화 사라. 관절도 안 좋다면서 통굽 구두를, 그것도 그렇게 높은 걸. 나 봐라. 산에 가면 내려올 때 이렇게 해야 돼."

수목원을 막 올라가는 길이었건만 지그재그로 내려오는 시범까지 보인다. 그녀는 동료들과 등산을 갔다 하산 길에 미끄러져 갈비뼈를 다쳐 입원했었다. 병원 침대에 누워 나의 문안을 받았던 걸 생각하며 자신과 같은 경우를 겪지 않게 내게 일러주는 모양이다. 그녀는 나처럼 키도 작으면서 운동화를 신고 있다. 아마 작은 키 콤플렉스 같은 유치한 감정과는 벌써 졸업했나 보다. 나는 양복 입고 운동화 신은 교수님들을 보지 못했다는 반박을 않는다. 점퍼 차림일 땐 운동화를 신겠지만 재킷을 걸칠 땐 구두를 신겠다는 말도 속으로 삼켜 버렸다.

친구는 여자 중학교의 교사이다. 요즘 북의 김정은조차 두려워한다는 아이들인 그들을 가르치려면 잔소리를 입에 달고 살아야 할 것이다. 하기에 썩 유쾌한 일이 못되는 일을, 나와 놀면서도 늘 어놓는 걸 보니 내가 많이 답답해 보이나 보다.

그녀와 나는 중학교 때부터 친구로 지냈다. 집 근처에서나 학교 복도에서 이웃이나 선생님들이 작고 빼빼한 아이 둘을 잘 구별하지 못해 이름을 바꿔 부를 만큼 늘 붙어 다녔다. 지금 우리는 그때에 비해 키는 거의 자라지 않았으나 체중은 엄청나게 불었다. 그녀가 살진 건 임신을 위해 호르몬 주사를 맞은 때문이지만, 내가 뚱뚱해진 것은 몸에 대한 관리소홀 때문이다. 내가, 만날 때마다 더 찐다고 그녀는 적게 먹고 운동하라며 잔소리를 했었다. 나는 그때만 잠깐 걷는다, 산에 간다 하며 부산을 떨다가 곧 흐지부지 해

버린다. 그녀는 지금 적게 먹고 열심히 걷는 중이니 몇 년 후엔 날씬한 모습을 보여 줄 것이라며 기대를 해 보라 말한다.

우리 아버지는 늙어가는 딸에게 일류고등학교를 못 간 것에 대해 아직도 잔소리를 하신다. 그 친구가 다녔던 여고에 내가 못 간 이유가 저는 미리 공부를 다 해놓고 공부 시작하려는 나를 꾀어내 매일 놀러 다닌 때문이라고 굳게 믿고 계신다. 당신의 딸이 게을러 그런 것은 생각지도 않으신다. 우리가 친하게 지내는 것을 아직도 못마땅하게 여기고 둘이 만났다고 하면 눈살을 찌푸리신다. 친구에게 미안해하면서도 나는 아직까지 오해를 풀어드릴 방법을 찾지 못했다. 아버지 눈에는 내가 아직 제대로 잘 살고 있는 걸로 비치지 않는 모양이다.

친구와 나는 매일 저녁을 먹은 뒤 집 근처를 돌아다녔다. 동네에 사는 담임선생님과 자주 맞닥뜨려 숙제는 다 하고 놀러 다니느냐 하는 잔소리를 듣기도 했었다. 내가 제일 싫어하고 못 하는 과목인 수학을 가르치는 선생님에게 노는 모습을 들킨 게 창피했으나, 친구와 밤 나들이를 꿋꿋이 이어갔었다.

잔소리란 특별히 피학적인 성향을 가진 사람이 아니라면 그다지 듣기 즐길 일은 아니지 않겠는가. 그러나 나를 키에서, 뚱뚱한 몸에서 해방 시키려고 잔소리하는 내 친구가 다음 만남에선 무슨 나무람을 해 줄까 기대하고 있다. 아흔 살이 다 되어가는 우리 아버지의, 교우관계까지 간섭하는 잔소리를 앞으로도 계속 더 듣고 싶다. 그 땐 아직 젊었던 선생님은 서울로 이사 가셨다 들었다. 뵈면 여전히 붙어 다니는 우리에게 인생숙제는 잘 해 나가면서 노느냐고 잔소리를 해 주시려나. 친구, 아버지, 선생님같이 잔소리를 해 주는 사람들이 어쩌면 내 인생의 든든한 백그라운드가 아닐까.

운동화를 샀다는 보고도 할 겸 친구에게 전화를 했다. 잘했다, 잘했다 하며 박수라도 쳐 줄 듯 칭찬을 한다. 그리곤 그 날 내게 사준 바지와 블라우스가 맞더냐고 묻는다. 작더라고 하니 실망한 듯 목소리에 힘이 빠졌다. 내게 앞으로도 살 빼라, 운동해라 하는 잔소리를 꽤 늘어놓을 듯하다. 현재의 내 모습은 게으른 내 삶이 남긴 산물 아니냐.

지금 내가 할 수 있는 운동은 관절에 무리가 가지 않아야 하기 때문에 물에서 하는 것들뿐이다. 그러나 수영은 배우는 속도가 너무 느려 선생이 오히려 부담스러워 한다. 다른 이에게 배워 보겠느냐는 배려가 도리어 나에게 수영장을 멀리하게 한다. 차선책으로 아쿠아로빅을 수강했더니 가르치는 사람만 신났다. 한 시간 가량 물에 서서 수영장 밖 강사의 동작을 어설프게 흉내를 내고 나면 몸살이 날 지경이다. 다음에 친구를 만날 때는 살이 좀 빠져야 할 터이건만, 열심히 걸어 보려는 생각은 때 이르게 찾아온 더위가 발목을 잡는다.

베란다에 서서 수성못을 바라보며 운동 못 할 이유만 찾는다. 언젠가는 어렸을 때처럼 둘 다 가벼운 모습으로 만날 수 있을 것이

라는 기분 좋은 상상을 책상 앞에서 앉아 하고 있다. 우선 의자에
서 일어나라는 친구의 충고가 들린다. 앞으로도 그녀의 잔소리는
계속될 것 같다.

# 우리 냥이

부수가 잠을 잔다. 한낮의 햇살이 쏟아지는 의자에 길게 누워 하얀 배를 드러낸 채 나비잠에 취해있다. 한 작은 생명의 근심 없는 잠을 지켜보는 우리 가족은 덩달아 평온해진다.

처음에는 우리 가족과 자아를 지킬 만큼의 거리를 유지하면서 고독하지 않을 정도만 우리와 가까이 지냈다. 집에 오면 펄쩍 뛰면서 반가움을 나타내진 않지만, 방 안에 앉은 채 말간 얼굴로 쳐다보며 왔냐는 시늉은 하며. 고개 들고 유리구슬같이 투명한 눈 마주치며 먹이를 내 놓으라 주장했으며, 우리가 알지 못하는 어느 먼 왕국의 왕녀인 양 사뭇 도도했었다.

부수와 함께 산 지 벌써 십여 년이 지났다. 대학교 합격자 발표가 끝난 일요일 오후, 빨간색 긴 외투를 입고 흰 털목도리를 두른 아이가 메고 있던 가방을 내려놓았다. 지퍼를 여니 어른주먹만 한 녀석이 기어 나오더니 앞발 하나를 치켜든다. "하악" 하고 숨을 내뱉으며 우리가 가까이 오지 못하게 위협했다. 작은 별에 사는, 고작 네 개의 가시로 맹수의 습격에도 무섭지 않다는 장미가 연상되어 나와 남편과 아이는 마주보며 웃었다.

아이는 부수를 데려 오기 전에 대학교 입학선물로 고양이를 키우게 해달라며 졸랐다. 자신의 방에 잘 데리고 있겠다고 했다. 겨우 일주일이 지나자 야행성인 녀석이 낮에는 자고 밤이 되면 방 안을 돌아다니고 벽을 긁으며 울어대는 바람에 자신은 잘 수도 없다고 하소연했다. 나는 고양이 털 알레르기 때문인지 재채기를 하고 온몸이 가려웠다.

나와 아이는 녀석이 귀찮아졌다. 코앞의 대불산을 두고 집으로 찾아오지 못하도록 아예 멀리 팔공산에 갖다 두자고 했다. 창밖의 하늘은 잿빛으로 무겁게 내려앉아 진눈깨비라도 흩뿌릴 것 같았다. 모의하는 소리를 들은 남편은 생명을 하찮게 여긴다며 몹시 나무랐다. 그리고 따뜻해지는 오월까지는 무조건 키우고, 꼭 버려야겠다면 그 후에 다시 생각하라며 강경하게 말했다.

결정을 내려야 할 때가 왔을 때 녀석은 한 달간 머물던 아이 방에서 나와 거실에 둥지를 틀고 있었다. 다가와 몸을 부비며 친밀감을 표시했고 쓰다듬어 달라는 듯 머리를 내밀었다. 품에 안겨 동그란 눈을 가늘게 뜨고는 가릉거리며 좋아했다. 각자의 공간에서 자

신의 관심사에만 골몰하던 우리를 거실로 모이게 하였고, 하나씩 섬이 되어 떠돌지 않게 다리가 되어 주었다. 나와 아이는 정이 들어서 녀석을 버릴 수 없게 되었다. 남편은 내심 그렇게 되길 기다렸나 보다. 그는 녀석을, 어릴 때 키웠던 강아지 이름인 '부수'라고 부르기 시작했다. 그 무렵 나의 고양이 털 알레르기도 모르는 사이에 없어졌다. 하지만 벽지를 할퀴고 제가 앉아 있는 의자와 작은 카펫을 물어뜯어 그것들과 함께 베란다로 옮겨졌다.

육 개월쯤 됐을 때 저도 살고 우리 가족도 살아야 한다는, 공존이란 미명하에 큰 고민 없이 중성화를 시켰다. 수술 후 비척거리고 제대로 먹지도 못하며 사흘쯤을 호되게 앓았으나, 눈에는 자신을 함부로 유린한 우리를 미워하는 빛이 조금도 보이지 않았다. 원망이라도 하면 자책감이 덜어질 것 같았건만…….

어둑해지면 사료를 다 먹을 때까지 불을 켜두었다. 고양이에겐 밝은 조명이 필요치 않다는데, 우린 왠지 어두운 곳에 있는 부수가 안쓰러웠다. 겨울이면 의자 위에 집을 올려주고 그 속에 전기방석도 깔아주었다. 밤에 녀석의 우는 소리가 들리면 남편은 벌떡 일어나 한여름이라도 베란다의 창을 모조리 닫았다. 이웃의 고단한 잠을 방해하여 미움 받게 하고 싶지 않았기 때문이다.

나와 남편은 어딜 가면, 하루를 넘기지 않으려고 어슴새벽에 집을 나서서 한밤중에라도 돌아오곤 한다. 부수를 데리고 온 딸아이가 이곳에서 멀리 떨어진 곳에 있어 녀석 혼자 집에 있게 되기 때문이다. 고양이라고 외로움을 모를 리 없을 것이므로.

　예전보다 덜 깜찍하다. 남편은 여전히 우리 동네에서 제일 예쁜 고양이라고 하지만, 뚱뚱해지고 배도 처졌다. 춥다, 덥다, 배고프다, 놀아달라며 요구사항만 늘어놓는다. 먹을 때도 옆에서 지켜 봐달라 한다. 큰 소리로 불렀는데도 반응이 없으면 몸을 축 늘어뜨리고 턱을 내밀며 누워 동그랗고 맑은 눈으로 빤히 쳐다본다. 기꺼이 놀아주고 말을 건네며 시중도 든다. 고집 세고 이기적이던 우리 가족의 마음자리가 조금씩 넓어지고 있다.

　녀석은 한국 짧은 털 고양이 암컷이다. '녀석'은 작고 귀여운 어린 것들에 대한 애칭으로, 나의 오랜 말버릇이다. 쉽게 볼 수 있는 길고양이 종류나 우리와 함께 아프거나 기쁜 시간을 보냈기에 특별하다.

　녀석이 베란다에서 어둑해지는 창밖을 내려다본다. 까치가 날아가다 우리 부수를 발견했나 보다. 유리창에 바싹 붙어 큰 소리로 "깍깍"거린다. 부수는 기어드는 소리로 "야옹" 한다. 우연히 동네의 산 입구에서 까치와 길고양이가 서로 노리고 있는 장면을 보았던 남편은 까치가 부수를 위협을 한다 생각하고 버럭 소리를 질러 쫓아버린다. 부수는 거실로 쫄랑쫄랑 들어오더니 TV를 보려는 그의 곁에 기대앉는다. 한 두어 달에 한 번 집에 오는 아이가 제 아빠와, 저보다 더 친해진 녀석에게 샘을 내며 한소리 한다.

　"하는 짓을 보면 고양이인지 강아지인지, 정체성이 없어졌어."

# 이력서

봄이다. 창가에 서서 녹색의 세상을 눈으로 좇으며 감탄한다. 까만 나무의 가지 끝에 터져 나온, 누군가 예쁜 초록 물감을 풀어 붓으로 톡톡 찍어 놓은 것 같은 어린 잎들을 향해 아, 아 하는 탄성을 지른다. 때맞춰 꽃의 요정 플로라와 비단결같이 부드럽게 불어오는 그녀의 연인 제피로스가 바깥으로 꾀어낸다.

현관에서 투박한 운동화의 반김을 못 본 척하며 신발장을 열었다. 매끈한 하이힐이 미소를 던진다. 그 옆에 아찔할 정도로 굽이 높고 목 또한 긴 부츠 한 쌍이 서로 기댄 채 나를 유혹한다.

작은 키가 늘 불만이었던 탓에 단화는 아무리 멋있어도 내 것이 못 되었다. 나의 신발 선택 기준은 색깔도 모양도 아닌 오로지 굽의 높이였다. 십여 년 전쯤에 지인의 부추김을 핑계 삼아 부츠를 맞췄다. 찾던 날, 착용하고 가라는 점원의 권유대로 신고 거리로 나섰다. 좀 다녀 볼 생각이었으나 무릎을 덮는 가죽은 다리를 옥죄고 높은 굽은 몸이 균형을 못 잡고 비틀거리게 하는 통에 귀가할 수밖에 없었다. 택시에서 내려 집까지 오는 짧은 거리를 기다시피 한 후 다시는 그걸 볼 마음조차 사라졌다. 그 신은 딱 한 번 삼십여 분의 외출을 끝으로 지금도 신발장 안에 갇혀 지낸다.

연전에, 길을 걷다가 갑자기 두 다리가 푹 꺾여 앞으로 넘어지면서 심한 통증이 몰려왔다. 많은 검사 끝에 이순이 아직 먼 나이였건만 관절염이란 진단을 받았다. 의사는, 밥통(胃)이 약통 될까 걱정될 정도의 많은 약에, 아직은 관절에 염증이 생기기엔 젊은 나이여서 앞으로가 문제라는 염려도 함께 가득 건네주었다. 그 전엔 마음이 답답할 때면 가끔 갓바위를 찾곤 했다. 그만큼 별 탈 없이 지냈었다. 그러던 것이 몸 상태에 빨간불이 들어온 것이다.

눈 꼬리가 약간 치켜 올라가 근엄해 보이지만 뭔가 하나의 소원은 들어주신다는 부처님. 그날도, 키 높이 운동화를 신고 수많은 계단을 오르느라 지쳐버린 나는 납작하게 엎드려 한없이 자신을 낮추고 부모님의 건강이나 남편의 승진, 자녀들의 입시나 취직 등을 위해 기원했을 사람들을 물끄러미 바라만 보았다. 초 한 자루 켜서 바람 없는 곳에 두고 부처님께 간절하게 빌 소망 없는 사람이 어디 있으랴만, 나는 늘 구경꾼이었다. 어쩌면 원하는 것이 너무 많은 탓일 수도 있었을 것이나, 보다 근원적인 것은 어디에서나 나를 쉽게 내려놓을 수 없는 것에 있었던 게 아니었을까 싶다.

하산 길의 버스 주차장에서 한 번도 본 적이 없어 보이는 누군가가 알은 체하며 다가왔다. 학모였다는 내 또래 여성은 이런 저런 이야기 끝에 내가 아이들 소풍 길에 하이힐을 신었었다고 말한다. 품위가 있어 보이는 선생이었다고 살짝 덧붙인다. 아마도 내가 교만해 보였다는 걸 짐짓 에둘러 그렇게 얘기한 것이리라.

그 때의 기억을 더듬어 보니 사학년 아이들을 데리고 어린이회관으로 갔던 일이 떠올랐다. 아무리 키 작은 것이 싫어도 또 그곳이 잘 포장된 곳이라 해도 뛰어다니며 어린 학생들을 보살펴야 하는 교사가 그런 걸 신었다니. 굽이 낮은 구두를 잘못 기억하는 것이라 우겨 보아도 웃기만 하는 그녀 앞에서 화끈거리는 얼굴을 들 수 없었다.

그녀는, 내가 여전히 그 무렵의, 굽 높은 구두를 신고 잘난 체하던 철없는 삼십대로 보이는지 자신이 아끼는 것이라며 염주를 내밀었다. 불교 신자도 아니고, 더구나 학모였던 그녀에게 뭘 받는다는 게 영 내키지 않아 사양했으나 기어이 손에 쥐어주었다. 가운데의 옥구슬에, 보관을 쓰고 연꽃을 든 관음보살상이 새겨져 있는 송주를 이따금 들여다보며 그녀의 마음을 헤아리곤 한다. 그녀는, 세상의 모든 중생이 해탈할 때까지 성불하지 않겠다고 서원한 보살의 자비심을 내가 조금이라도 배우고 자신을 낮출 줄 알기 바라면서 귀히 여기는 걸 선뜻 내어 주었을 것이리라.

한자에는 문외한인 나는 책을 읽다 최근에 단어 하나의 뜻을 새롭게 알게 됐다. '이력서履歷書'를 한자 그대로 풀면 '신발(履)을 끌고 다닌 역사(歷)의 기록'이라는 사실을. 한 인간의 인생여정이 그동안 지나온 길을 밟은 '신발'에 담겨 있다 여겨졌다. 앞으로의 인생행로 또한 신에 담길 터이겠다.

이제 겨우 귀가 순해진다는 나이건만 내 다리는 주인을 잘못 만나 저 혼자만 일흔을 훌쩍 넘겼다. 당연히 낮은 굽의 신발을 신어야 함에도 날씬한 하이힐로 눈이 자꾸 간다. 이사 때마다 한 자루씩의 신을 버려 왔으면서도 굽이 높은 신발 몇은 처분하지 못하고 지금껏 모셔 두었다. 그것은 결코 다시 신기 위함이 아니라, 과거 모자랐고 지금도 한참 어리석은 나의 이력을 담은 물건임을 잊어버리지 않으려는 것뿐이라고 마음을 다잡아 본다.

운동화를 신는다. 굽이 낮은 단정한 풀빛 신발을 하나 사야겠다. 물오른 봄날이다.

# 봄

한 뼘도 채 쌓이지 않은 눈으로 도시가 꽁꽁 얼어붙었다. 창밖에 보이는 아파트 지붕이 새하얗다. 눈이 잘 오지 않는 고장이라 뉴스 매체들은 몇 십 년 만의 폭설이라고 앞 다투어 떠들고, 아파트 관리실에선 집 앞의 눈은 주민 스스로 치워 달라며 몇 번씩 방송을 해댄다. 도대체 몇 층에 사는 사람이 나가 제설작업을 해야 하는 걸까. 더구나 꽃삽 외엔 들고 나갈 것도 없지 않은가. 마음 없이 핑계만 대며 꼭대기 층에서 설원을 내려다본다. 온 세상이 흰 눈에 갇혔다.

이럴 때 딸아이가 집에 온다. 아니다. 지인의 말처럼 오신다. 회사에 나가지 않아도 되는 주말엔 동호인들과 풍광 좋은 곳에서 사진을 찍어야 하고 친구와 맛집도 찾아가 시식도 해 보아야 하지만

연말이니 행차해 주시는 거다. 아이가 오겠다는 말에 걱정보단 반가운 마음이 앞서는 나와 달리 남편은, 왜 하필 이렇게 도로가 온통 빙판이 된 날 오느냐며 전화를 걸어 나무란다. 그게 올 여름 빗길에서 미끄러져 다친 자신에 대한 제 아빠의 염려이고 사랑이란 걸 모르는 아이는 언짢은 기색이 역력하다, 스무 살 무렵의 나처럼.

지금 살고 있는 여기보다 눈이 더 귀한 남쪽 도시에서 자란 나는 함박눈이 펑펑 오던 저녁에 큼직한 모자가 달린 외투를 입고 마루에 앉아 신발을 신고 있었다. 눈 마중을 나갈 참이었다. 마침 퇴근한 아버지가 현관으로 들어오셨다. 이렇게 눈이 쏟아지는데 왜 나가느냐는 말에, 눈이 오니까 나가는 것이라며 당연한 걸 물어보는 아버지가 이해되지 않았다. 멀쩡한 길에서도 걸핏하면 넘어져 무릎을 깨곤 하던 나에게 마음을 끊이는 아버지를, 그 때까지도 낭만도 모르고 잔소리만 하는 사람이라고 생각했었다.

게을러 청소도 잘 하지 않고 먹는 것에도 그다지 마음을 내어 마련하지 않지만, 내 자식에게는 깨끗하고 따뜻한 공간을 마련해 주고 맛있는 걸 먹이고 싶다. 한쪽 구석에서 자리만 지키던 청소기를 꺼내 돌렸다. 봄에 세탁소를 다녀와 기다란 자루 속에서 줄곧 쉬고 있던 카펫을 꺼내 마루에 깔았다. 서둘러 보일러도 켰다. 남편의 만류에도 불구하고, 어느새 스케이트장이 돼 버린 길을 엉금엉금 기어가 먹을거리를 사왔다. 횡단보도도 파묻혀 버린 길에서 뒤뚱거리며 마주 오는 차 운전자인 중년 여성과 서로 한껏 경계하며.

먼저, 하나하나 손질한 멸치와 잘 말려진 표고버섯, 내 손바닥만한 다시마를 넣고 국물을 냈다. 된장을 넉넉하게 풀고 애호박과 풋고추, 두부를 넣어 보글보글 끓였다. 쇠고기 등심은 배와 키위, 사과를 갈아 간장과 마늘을 더해 재어 두고 딸기는 냉장고에 넣었다.

아이는 집에 들어서자마자 "배고파요" 한다. 얼른 밥을 대령하고 옆에 앉아 "맛있지"를 연발하니 엄마 밥에 길들여 있었으니 당연한 것 아니냐며 달게 먹는다. 아이가 밥숟가락을 놓자마자 딸기를 씻어, 제가 파인애플인 줄 아는지 잎을 위로 뻗친 채 위풍당당한 체구를 자랑하는 것을 집어 손에 쥐어주며 먹기를 재촉한다.

겨우 내가 차려 준 밥 네 끼 먹고 하룻밤 자고 아이는 다녀오겠다며 갔다. 설에나 올 것이다. 아이는, 공학도이고 '얼음이 녹으면 물이 된다.'는 사람들이 모인 이공계 회사에 몸담은 지 여섯 해가 돼 가지만 '얼음이 녹으면 봄이 온다.'는 사고를 가지고 있다. 그래서일까, 두어 달에 한 번씩 얼굴 대할 때마다 힘들 것이란 지레짐작으로 아이에게서 벗어나지 못한다. 경제적으로 벌써 독립한 자식을 아직 어린애 취급을 하고 있다. 자신은 스스로를 어른이라 생각하겠지만 나는 딸아이를 품에서 내놓지 못한다. 취직이 돼 다른 도시로 떠나던 날 배웅을 마치고 딸 방을 정리하며 괜스레 눈물을 쏟기도 했었다. 부모이기에 한순간도 생각에서조차 혼자일 수 없어 다 큰 자식을 여태 내려놓지 못한다. 하지만 나이 예순이 넘도록 여태 어버이의 마음, 특히 아흔 넘은 아버지의 심정은 제대로 헤아려 드릴 줄 모르고 산다.

이십대 초반에 초등학교 교사가 되었다. 똑똑하지 못했던 내가 선생이 된 것이다. 이십여 년 간 학교에서나 저잣거리에서나 꼬마들로부터 연세 드신 동네 분들에게까지 아가씨나 아줌마가 아닌 '선생님'으로 불리며 살았다. 그러나 공부를 잘하지 못해 선택한 직업이라는 마음에서 자랑스럽다는 생각은 못 하고 살았다.

육학년 땐 중학교 입시를 치를 나를 위해 어머니는 따뜻한 점심을 지어 교실로 가져오셨다. 나는, 어머니가 시키는 대로, 주로 교과서를 통째 달달 외우던 정규 수업을 마치면 운동장에서 어둑어둑해질 즈음까지 몇몇의 친구들과 함께 담임선생님께 체력장 시험을 대비해 연습을 했다. 밤엔 반 동무들과 선생님 집으로 가 교과목 과외지도를 받았다. 하지만 위의 언니 둘이 쉽게 들어갔던 '일류'라 불리던 여자중학교에는 떨어지고 말았다.

정작 당사자인 나는 배시시 웃기만 했으나 남들이 비웃을 정도로 내게 열성을 쏟은 어머니는 그만 앓아 누우셨다. 외부의 별다른 도움 없이도 공부를 무척 잘하는 다른 형제들은 나를 숫제 지진아취급을 했고 아버지는 혼자서 화를 내셨다. 그 일은 아버지께 오랫동안 마음을 닫고 지내게 만들었다.

중학교 때도 초등학교 때와 마찬가지로 아버지는 교과서에 새 책 표지를 입히고 연필도 깎아주셨다. 나는, 다른 형제들에게 해오던 아버지의 오랜 습관에 지나지 않는 일이라며 평가절하해 버렸다. 나를 대신한 어머니의 노력으로는 언니들이 다녔던 여고에도 갈 수 없었다. 아버지는 몹시 언짢아하셨다. 고교 때 아버지와 함께 『25시』의 작가 게오르규의 강연을 들으러 갔을 때에도 언니들은 다른 도시로 공부를 하러 떠나 버렸고 동생들은 어려 데리고 갈 사람이 없기 때문이라고 생각했다. 아버지가 지인을 만나면 조금은 민망하시라고 일부러 명문고가 아닌 우리 학교의 교복을 입고 따라 나섰을 만큼 아버지를 미워했다.

스스로에게 만족할 수 없었기에, 어머니와 다른 형제들에겐 다정한 아버지가 공부를 못 하는 나에게만 유독 냉랭하게 흰 눈으로 대한다고 억지를 부렸다. 어머니만이 다정한 푸른 희망의 눈으로 바라보고 너른 품을 내밀어 주신다고 믿었다. 끌어 안아주는 어머니가 안 계셨다면 잘난 형제들 사이에서 주눅 들어 자신을 자책하며 젊은 날을 헛되이 보내야만 했을 것이라 곱새겼었다.

나의 학업성취 수준을 고려해 지역의 교육대학을 권유한 아버지를 원망했었다. 아침마다 억지로 잠 깨워 등교시킨 것이며 내가 공부를 게을리 한 것은 생각지도 않고 언니들이 다녔던 서울의 명문 사립대학에 못 간 게 아버지 때문인 것만 같았다. 학력고사 점수가 낮다는 이유 하나로 자식을 차별하는 아버지가 야속했다. 다소 수준을 낮추면 나도 우리나라의 수도에 있는 대학에 갈 수 있을 것 같았지만, 공부도 잘하지 못하고 그리 용감하지도 못해 아버지께 주장을 내세울 수가 없었다. 길거리의 돌멩이를 함부로 차며 골풀이를 했었다. 무능하고 소심한 나 자신에 대한 실망감까지 더해진 행동이었을 것이다.

　제법 살 오른 햇살에 새하얗던 아파트의 지붕이 붉은 갈색의 제 모습을 되찾았다. 매화도 세상을 향해 꽃잎을 열었다. 가끔씩 아직도 아버지에게 얼음장 같아지는 내 마음을 녹여 아지랑이 피고 솔솔바람이 불어오게 만들 사람은 바로 나 자신일 게다. 너무 늦지 않게 봄을 맞아야 할 터이다.

# 변명

나는 몇 개의 소소한 트라우마를 안고 산다.

교사 시절, 6학년 아이들에게 '홍익인간'의 개념을 가르쳤다. 천제의 아들인 단군은 우리나라 최초의 국가 고조선을 세웠다. 그는 홍익인간의 이념으로 나라를 다스렸다. 나는, 널리 인간을 이롭게 한다는 뜻인 '홍익인간'의 의미를 판서하고 노란색 분필로 밑줄까지 그어 강조했다. 그러나 사회 시험 채점을 해 보니 생각보다 많은 수가 엉뚱하게도 '홍'자를 '붉다'라는 의미로 기억하고 있었다.

중학교 다닐 무렵이었다. 에델바이스edelweiss란 꽃의 단어 외우기 시험에서 S를 한 개만 써 틀렸었다. 시험은 매번 문제의 답을 이렇게 정확하게 요구했다. 나는 공부를 잘하는 학생 축에 들지 못했다.

초등학교 고학년 즈음에는 무엇인가를 찾아 아버지의 책상 서랍을 열었다. 없어서 그대로 닫았는데, 퇴근하신 아버지가 내게 서랍을 열었느냐며 물었다. 가지런히 쌓아놓은 메모지들이 약간 흐트러진 게 내가 한 행동 같다 했다.

누군가 빨간 홍익인간이라고 농담을 한다. 다들 유머로 받아들인다. 나는 굳이 정색을 하며 홍익인간엔 적색의 의미가 조금도 없다며 고쳐주려 든다. 그때로부터 교사였던 걸 잊을 만큼의 오랜 시간이 지났으나 아직도 홍익인간이란 낱말만 만나면 아이들에게 의미를 올바르게 알려주지 못했던 못난 교사라는 생각에서 자유롭지 못하다. 내 풀이가, 아이들의 머릿속에 오랫동안 사용해 온 크레파스의 다홍이나 주홍의 색상 이미지보다 선명하지 못했기 때문이라며 자신을 할퀴곤 한다.

흔히 하얀 꽃을 소담스레 달고 있는 나무를 '아카시아'라 부른다. 아무도 이의를 제기하지 않는다. 아카시아 꽃은 노란색이며 흰꽃의 나무는 아카시라며 나만 목소리를 높인다. 학교 다닐 때 주관식의 답은 자주 틀렸지만 객관식의 답은 그런대로 맞혔다. 학업성적이 중간쯤은 되었으나 공부를 무척 잘 했던 형제들로 인해 늘 꼴찌를 하는 심정이었다. 나는 오늘까지 단어나 사물의 이름을 올바르게 사용하는 것에 강박관념 같은 걸 가지고 있어 맞다, 틀리다하는 이분법적 사고에서 좀처럼 벗어나질 못한다.

아버지의 서재는 집에서 제일 넓고 조용하며 출입문을 제외한 사방 벽이 천장까지 닿는 서가로 둘러싸여 있었다. 책들은 거의 전 공서적들이었다. 우리에겐 무용지물이었으나 서책의 묘한 기에 이 끌려 우리 형제들은 아버지가 퇴근하기 전까지 이 글방을 자주 드 나들었다. 필기구를 찾거나 시험공부를 하느라 들어오고는 했었지 만, 나를 제외한 형제들은 침착하고 조용한 성격이라 아버지 서재 에 아무런 흔적을 남기지 않았다.

그 때 아버지로서는 무심코 한 지적이었겠지만 나는 내가 늘 덜 렁거리는 사람이라는 생각을 안고 산다. 어쩌다 물만 엎질러도 그 무렵의, 너냐고 묻던 아버지 말이 생각나 조심성 없는 자신이 싫어 진다. 사람의 몸가짐을 침착하다, 덤벙거리다, 딱 둘로 유형화시켜 놓고 그중 조신한 사람을 늘 우위에 두게 된다. 물론 얌전하지 못 한 사람들에 더 친근감을 느끼지만.

세상일이 자로 잰 듯 반듯하게 둘로 나눠지는 것은 아닐 것이다. 다각적인 시선으로 여유롭게 보는 능력이 필요하리라 생각한다. 유 머 감각을 갖고 재미있게 살고 싶다. 프로이트는 유머란 "어린아이 와 같은 자아에게 어른과 같은 초자아가 지금 중요하게 여겨지고, 고통스럽게 느껴지는 그런 것들은 사실 아무것도 아니다."라며 달래 는 것이라 설명한다. 사는 게 재미있어야 옳다, 그르다 하며 따지는 이분법적 사고에서 벗어날 수 있으므로 삶이 풍요로워진다 들었다.

어떻게 해야 재미있게 살 수 있을까. 내가 애쓴 결과 말갛게 씻 긴 그릇과 잘 닦인 거실바닥을 보는 일보단 아무런 힘도 들이지 않고 〈비너스〉를 보는 게 더 즐겁다. 하지만 내게는 자잘한 일상의 수고를 대신할 아내나 우렁이 각시가 없다. 그녀를 만나고 싶다고 루브르를 동네 슈퍼마켓 드나들 듯 할 수 있는 것도 아니다. 재미없는 일을 더 많이 하며 살 수밖에 없지 않을까 싶다.

이런저런 변명들을 하며 나를 수십 년 간 괴롭혀 온 사소한 몇 개의 콤플렉스를 트라우마라고 우기며 깨끗이 지워버릴 묘안 찾기에 골몰한다. 하지만 여태껏 뾰족한 수는 아직 발견하지 못한 채 살고 있다.

# 어머님의 유부 보따리

바람이 차다. 남편이 유부전골을 찾는다. 내가 만들지 않을 것을 아는 터라 파는 곳을 넌지시 물어본다. 찬바람이 부니 따뜻한 국물요리가 먹고 싶어진 것일까. 아니면 그걸 잘 끓여 주시던 엄마 생각이 나는 걸까.

꽃샘바람이 불던 날 선을 봤다. 남편의 첫인상은 그가 입은 바지의 날 세운 주름만큼이나 날카롭게 보였다. 그런 인상과 달리 자신은 아들만 다섯 있는 집의 막내이지만 결혼을 하면 분가한 형님들 대신 어머니, 아버지를 모셔야 한다고 말했다. 그다지 적은 나이도 아니었건만 미처 그 일의 중함을 헤아릴 줄 몰랐다. 뿐만 아니라 그 말 한 마디 때문에 오히려 그의 인간성이 돋보여 결혼을 결심하게 되었다. 눈에 뭐가 씌워졌었나 보다.

타지에 직장이 있는 남편과는 주말부부로 지내며 시댁에서 살았다. 공무원인 내가 근무처를 옮길 수 없어서였다. 나는 남편보다 시부모님과 더 많은 시간을 보냈지만, 아버님께와는 달리 어머님께는 편안하게 다가가지 못했다. 어머님은, 고등여학교를 졸업한 재원에 몸맵시 날렵하고 머리카락 한 올도 함부로 흐트리지 않았다. 일흔이 훨씬 넘었지만 등도, 허리도 꼿꼿했다. 아버님과는 동갑이고 결혼한 후 오십 수년 간 쭉 해로해 왔다. 그럼에도 모르는 사람들은, 아버님이 젊은 여자와 재혼을 했을 것이라고 수군거릴 만큼 고우셨다. 똑똑하지도, 예쁘지도 못한 탓에 나는 당신이 어려웠다. 남편은 늘 어리광하듯 엄마라고 불렀지만 나는 항상 "어머님"이라고 깍듯이 불렀다.

어머님은 살림살이에 정성을 쏟으셨다. 평소 집안일을 하기 싫은 숙제쯤으로 여기는 나와는 딴판이었다. 특히, 그 연세에 텔레비전에 출연하는 유명 요리연구가를 따라 만든 것을 식구들에게 내어놓을 만큼 음식 만들기에 신경을 쓰셨다. 젊은 시절부터 살림살이의 자질구레한 것까지는 두량하지 않으셨다. 시동생 식구들과 분가 전의 아들, 며느리와 큰살림 사시느라 일하는 사람을 따로 두었다고 들었다. 내가 너무 게으르고 서툴러 몹시 답답한 탓이었을까. 온갖 것을 당신께서 손수 하셨다. 함께 지내는 동안 김장 한 번 거들게 하지 않았다. 일이라곤 어머님이 저녁 밥상 정리를 다 한 뒤 개수대에 올려주는 그릇 몇 개를 씻는 게 고작이었다. 그럼에도 '지

구라는 별에는 고부가 함께 서 있을 만큼 큰 주방은 없다'며 부엌
에 나란히 서 있어야 하는 것에 속으로 불평을 쏟아내곤 했었다.

밤에 아이가 울면 내 방으로 얼른 오셔서 안고 달래며 나더러는
자라고 하셨다. 어머님께서는, 아이는 내가 없는 낮에 다른 아이들
처럼 울며 엄마를 찾는 일은 전혀 없다고 하신다. 내 마음을 편하
게 하려는 배려였겠지만 내게는 자랑으로 하는 말씀으로 들렸다.
다음 날 출근을 해야 하니 어쩔 수 없다 여기면서도 마음이 편치
않았다. 아이는 나보다 제 할머니를 점점 더 따르는 것 같았다.

어머님은 주말에 오는 나의 남편을 나보다 더 기다리셨다. 그가
올 시간이면 베란다에 서서 길만 바라보셨다. 그가 아파트 현관에
들어서면 대문을 열고 엘리베이터에서 내리길 기다렸다 환한 미소
를 짓고 수고했다며 등을 두들겨 주셨다. 내 방에도 텔레비전이 있
었건만 밤늦게까지 그는 자신의 엄마와 시청했다. 두 사람이 하도
다정해 그들 사이에 내가 끼어든 것 같았다. 남편이 자신의 아내감
보단 부모님, 특히 어머님과 함께 살 적합한 여자를 찾아 나와 결
혼했을 것이라는 고약한 짐작을 하며 억울한 마음도 가졌었다.

며느리와 엄마는 물론 내 남편의 아내 역할까지 다 해내시는 것
같은 탓에 내가 설 자리는 점점 좁아졌다. 나는 어머님이 지구에서
멀리 떨어진 화성에서 온 것처럼 느껴졌다. 당신은 아마 내가 금성
쯤에서 왔다고 여기셨으리라.

남편은, 나와 우리 아이와의 여행이나 외식에도 자신의 엄마와

함께하기를 원했다. 어머님 또한 마다하지 않으셨다. 그는 엄마가 살면 얼마나 오래 살겠냐며 효도할 시간이 짧음을 늘 안타까워했지만 어머님은 백수白壽를 누리셨다.

이제는 어머님의 심정이 조금은 이해가 되는 듯도 하다. 나도 서른이 넘은 딸을 아직 어린애로 여기지 않는가. 그런 내게 그 아이가 결혼을 한다고 하루아침에 어른으로 보일 리는 만무할 것 같다. 현재의 심정으론 딸아이 사랑은 사위에게 양보하고 뒤로 물러나 조용히 바라만 볼 작정이지만 잘 될까 의구심이 들기도 한다.

주말의 저녁 메뉴는, 유부 주머니 속에 잡채를 넣어 싼다고 어머님이 보따리라 부르는 유부전골이었다. 남편은 그걸 무척 잘 먹었다. 그는, 주말마다 엄마가 보글보글 끓여주는 전골을 먹으며 가족이 기다리는 집으로 돌아왔다는 안도감을 느꼈던 것 같다. 그것은 그의 마음을 따뜻하게 덥혀주고 휑한 객지에서 일주일을 지낼 힘이 돼 주었을 것이다.

유부전골은 만들기 편한 음식이 아니다. 유부를 끓는 물에 한 번 데쳐 기름을 제거한다. 깨끗이 씻어 다듬어 놓은 미나리와 시금치는 소금을 넣은 끓는 물에 살짝 데쳐 얼른 찬물에 씻고 꼭 짜준다……. 어묵과 유부 주머니를 냄비에 넣고 쇠고기 육수를 부어 간장으로 간한다.

이런 복잡한 과정을 어머님은 아주 쉽게 잘 하셨다. 자른 유부 속을 잡채로 통통하게 채워 묶는 것만 내게 시키셨다. 속을 얼마만

큼 채워야 하는지 당신이 만든 견본을 주시는 것도 잊지 않으셨다.

스무 해 넘게 어머님과 함께 지냈으나 천성이 게으른 나는 그 음식 정성을 전혀 배우려 하지 않았다. 현재 내가 그 때의 어머님 나이가 되려면 강산이 한 번 바뀌어야 하건만, 진즉부터 몹시 귀찮아하며 유부전골은커녕 잡채조차도 잘 만들지 않는다. 그러면서 아직도, '유전자를 압도하는 습관은 없다'는 연구결과를 들어 성실한 아버지와 어머니대신 얼굴 한 번 뵌 적 없지만, 틀림없이 계셨을 부지런하지 못한 먼 조상을 탓하며 살고 있다.

바람이 차다. 모락모락 김을 피우며 끓고 있는, 어머님이 만드시던 유부 보따리가 나도 먹고 싶어진다. 그 맛은 안 날 터이나 만들어 놓은 것이라도 사러 가야겠다. 어머님이 그리워진다. 당신도 지금 자신의 별에서 아끼던 아들과 손녀를 생각하고 계실까. 며느리도 함께 생각하시려나.

# 2

# 삼대 캥거루

말갛게 씻긴 얼굴로 첫새벽을 여는 붉은 해. 나른한 한낮을 깨우는 미나리아 재비 노란 꽃에 앉아있던 작은주홍부전나비 한 마리. 어스름 저녁에 풍겨나는 녹색 로즈마리의 진한 향기. 지인이 보내 준 사진 속에서 함박웃음을 웃고 있는 백일 된 그녀의 귀여운 손녀. 옆집 어린아이의 상냥한 배꼽 인사. 친구의 다정한 안부전화……. 살아있는 동안은 늘 이런 것들을 보고 누릴 수 있을 터이니 이 얼마나 큰 기쁨이고 행복이런가.

– 「문젯거리들」 중에서

나무 비행기

# 아름다운 나이 듦을 위하여

그리스의 무녀 시빌은 아폴로 신의 구애를 받고 천 년을 살게 해 달라고 기원했었다. 바람은 이루어졌다. 그러나 젊음이 그대로 자신에게 머물게 해달라고 청하는 걸 잊은 그녀는 쪼그라든 채 수백 번의 봄을 맞아야 했다. 천 년을 살았으나 꽃 같은 젊음은 여느 사람처럼 고작 스무 해도 되지 않았다. "젊었을 때는 예뻤을 거야."

젊었을 때 서로 알지 못했던 또래의 이웃이 무심히 말했다. 그 말은 지금은 젊지도, 예쁘지도 않다는 것을 의미했다. 친구들이 열대나비의 날개 같은 화려함을 자랑할 때, 보이스카우트 훈련을 받으며 강사에게 소년처럼 씩씩하다는 칭찬을 받은 터라 예쁘지 않다는 말에는 그러려니 한다. 하지만 나이 들었다는 말에는 왠지 쓸쓸해진다. 검은 머리가 흰 머리보다 보기 좋고, 매끈한 얼굴이 주름진 얼굴보다 고우며, 팽팽한 가슴이 늘어진 가슴보다 예쁘다고 줄곧 세뇌 받아 온 때문이리라.

거울을 본다. 살아온 세월의 흔적들이 산재해 있다. 처진 얼굴 살과 뱃살, 대책 없는 주름살과, 염색도 무색하게 만드는 흰머리, 더 이상 그곳에 나는 없었다. 나이만 먹었다는 자괴감이 일었다. 겉만 나이가 들었을 뿐 내면의 어느 시점에서 성숙이 멈춘 탓인지 의학의 힘을 빌려서라도 다시 젊은 외모를 가지고 싶었다.

주름살, 보톡스, 성형 등을 검색하다 『나는 주름살 수술대신 터키로 여행 간다』라는 제목의 책을 보게 됐다. 그 책에서 로즈라는 여성은 성형수술로 10년이 젊어져 40대의 외모로 살고 있고 조지라는 여자는 주름살 수술할 돈으로 터키 여행을 떠났다.

의술대신 여행을 택한 조지를 따라, 친구가 터키 여행에서 사다 준 하늘색 파시미나 빛을 닮은 지중해를 건너 터키로 가고 싶었다. 그곳의 풍광이나 역사, 그 유명한 '트로이의 목마'에 대한 궁금증은 크게 없었다.

단지 파리스의 후예들이 보고 싶었다. 지상에서 가장 아름다운 여인이며, 그리스의 왕비인 헬레네를 유혹해서 도망친 트로이의 왕자 파리스, 그들의 눈동자를 질릴 때까지 바라보고 싶었다. 그들은 영화 〈트로이〉에서 파리스를 연기한 배우 올랜도블룸보다 멋질 것 같았다.

그곳에서, 아득하게 멀어져 간 젊음을 더 이상 그리워하지 않고 웃을 때 피어나는 크고 작은 주름살은 멋스럽다 여길 것이다. 그들의 매력에 폭 빠져 멋진 밤을 보낼 것이다. 내 나이 듦에 대한 자축의 밤을.

페루에 있는 잉카문명의 고대도시, 마추픽추에도 가보고 싶다. 수천 개의 계단 위에 돌 벽만 우두커니 남아있는 그곳에서, 〈엘 콘도르 파사〉를 팬 플루트 연주로 듣고 싶다. 마추픽추에 올라서면 성벽 한 모퉁이에서 원주민 복장을 하고 길이가 다른 여러 대의 세로피리를 묶은 팬 플루트로 이 곡을 연주하는 악사가 있다고 한다. 영혼을 관통하는 듯 하는 그 소리에 내 정신마저 맑아지리라.

콘도르는 독수리보다 큰 새로 잉카인들 사이에서는 '어떤 것에도 얽매이지 않는 자유'라는 의미를 가지고 있다 한다. 그들은 영웅이 죽으면 콘도르로 부활한다고 믿는다. 안데스의 하늘을 마음대로 나는 콘도르를 보며 먼 기억 저편으로 사라져 간 잉카인들을 불러내고 싶다.

페루의 유구한 역사 앞에 서면 한 일도 없이 시간만 보냈다고 한탄하지 못할 것이다. 이제 겨우 오십대 중반인 나는 건강하게 살아 있음을 감사하는 겸허함을 배워 올 것이다. 한낮에 본 에펠탑은, 모파상의 독설처럼 '도시의 흉물'은 아니었지만 그렇다고 대단하지도 않았다. 간밤의, 휘황한 보석으로 치장한 여인인 듯 우아하게 서 있던 모습은 어디로 갔을까. 어쩌면 터키와 마추픽추는 영원히 가지 않은 채 환상으로 남겨 둘지도 모르겠다.

나이든 사람에게 상냥한 얼굴, 귀여운 웃음, 하늘거리는 자태는 사라졌다. 그러나 그들의 주름살은 지혜의 상징이고 존재의 이해 조건이다. 하루하루를 충실히 살아낸 연륜 속에서 삶의 깊이를 깨닫는다. 나이 듦은 순리이고 자연스러운 삶의 과정이리라. 시빌의 실수는 무한한 수명대신 무한한 젊음을 빌지 않은 것에 있는 것이 아니라, 한 생애의 가장 소중한 가치가 무엇인지를 잊은 데 있는 것이 아닐까? 쪼그라든 그녀는 조롱에 갇혀 아이들의 조롱을 받으며 죽기를 소원했다 하지 않는가.

　　살아온 세월에 걸맞게 주름살과 흰머리는 늘어가건만, 삶에 대한 지혜를 깨닫기는커녕 사는 데 서툴기 짝이 없다. 하나, 시빌과 같이 무한한 수명을 구할 것은 아니겠다. 지금 주어진 시간에 최선을 다하여 후회 없는 삶을 살아야겠다. 젊었을 땐 깨닫지 못한, 소중한 남은 내 삶을 아름답게 가꾸고 아껴야겠다. 완전히 정수만 남아 더 이상 벗겨 낼 것이 없는 질박한 나이 듦을 꿈꾼다.

# 내 귀는 달팽이 귀

바람이 차다. 떨어진 단풍잎들이 남은 온기를 서로 나누려는 듯 보도 안쪽에 조르르 모여 있다. 잎들은 온유한 봄빛을 같이 받고 녹아내릴 듯 하는 염천도 더불어 견뎠다. 상쾌한 가을바람에 요요한 붉은 빛을 동무들과 맘껏 자랑하다 저렇게 무리지어 음울한 겨울도 함께 난다.

잿빛 포도 위에 올망졸망 누운 낙엽들을 피해 조심스레 발걸음을 옮긴다. 저들의 마지막 여정을 바스러뜨리지 않기 위해서이다. 불현듯 홀로 내 곁으로 왔다 이내 사라져 버렸던 달팽이 모습이 눈에 어린다.

지난여름 더위가 기승을 부려 입맛까지 달아났었다. 시장에 나가 뿌리가 달려있는 싱싱한 상추 한 단을 사 왔다. 쌈장을 만들어

쌈을 싸 먹으면 저녁밥 한 그릇이 달 것 같았다. 개수대 위에 올려놓고 잎을 한 장 한 장 떼어 냈다. 그런데, 아주 작은 달팽이 한 마리가 잎 위에 달랑 앉아 있는 게 아닌가. 황급히 손바닥 위에 올려놓고 녀석의 낯을 들여다보며 "널 어쩌지, 어디에 둘까?"하고 물었다. 녀석은 들은 척도 않고 도리어 내 얼굴을 빤히 바라본다. 하기야, 한참 풍성한 식사를 즐길 꿈에 부풀어 있다 불쑥 나타난 침입자의 손에 잡힌 제가 무슨 뾰족한 해결책이 있으랴. 녀석을 손에 올려놓은 채 의자에 너부러져 있는 우리 고양이를 보았다.

그녀는 평소엔 졸고 있다. 그러다가 푸른 잎만 보면 눈을 반짝 뜨고 먹지도 않으면서 입으로 가져가 기어이 상처를 내 놓는다. 앞발로는 화분을 넘어뜨리며 해코지를 해댄다. 십여 년 넘게 햇빛 비치는 앞 베란다를 차지하고 살면서 깨어 있을 땐 집 안 곳곳 안 가는 곳이 없는 조그만 그녀 때문에 풀꽃 하나 들여놓지 못한다. 녀석이 있을 만한 공간이 없다. 하지만 삼복에도 모피코트 한 번 벗지 못하고 축 늘어진 걸 보니 머리꼭지에 꿀밤을 한 대 먹이기는커녕, 하얗게 흘겨보지도 못하겠다.

밥은 뒷전으로 한 채 달팽이를 쥐고 무작정 밖으로 나왔다. 마침 엘리베이터를 기다리며 중학생 정도로 뵈는 아들에게 과학 중간고사의 답을 확인해 주는 똑똑한 이웃을 발견했다. 다행이다 싶어 다짜고짜 손바닥 안을 펼쳐 보이며 적당한 서식처를 물었다. 당황한 기색도 없이 습기가 많은 수돗가에 두라고 말한다. 달팽이는 폐와 피부로 숨을 쉬지 않는가. 건조한 곳에선 살기 힘들 터이다. 그럴듯한 처방 같았다. 잘 지내라는 당부와 함께 꽃밭 옆의 수돗가에 살며시 내려놓고 집으로 돌아왔다. 하지만 왠지 불안하다.

다음 날 눈을 뜨자마자 나가서 근처를 샅샅이 뒤졌다. 달팽이는 흔적도 없다. 밤사이에 제 집까지 짊어진 채 그 느린 걸음으로 주변을 벗어날 수는 없었을 게다. 그냥 화단에 놓아 줄 걸 그랬나 보다. 이웃의 말을 귀담아 실천한 걸 후회하며 녀석의 행방불명 책임을 떠넘겨 봐도 마음이 편치 않다.

젊은 여성이 승강기 안으로 바퀴가 달린 커다란 가방을 밀며 들어온다. 그녀는, 열심히 내는 나의 인기척을 들은 척도 하지 않고 먼저 타고 있던 연장자인 나를 투명인간 대하듯 한다. 초를 다투는 바쁜 생활을 하지 않기에 열림 버튼을 꾹 눌러 그녀를 먼저 내리게 한 후 천천히 내려도 무방하다. 하지만 부리나케 앞질러 빠져나온다. 뒤이어 서둘러 닫히는 엘리베이터 문에 가방이 끼여서 내는 "쿵" 하는 둔탁한 소리를 무시해 버린다.

나는 아파트 꼭대기 층에서 산다. 일층 공동 현관에서 배달기사가 초인종을 누르면 세대 앞 엘리베이터로 나가 기다리다 직접 받는다. 대신, 그것이 힘에 부치는 것일 땐 승강기를 잡아둔다. 대부분 고맙게 여기지만 그 중엔 당연시 하는 사람들도 있다. 물론 그들의 감사인사를 바라고 하는 행동은 아니나 내심 씁쓸해진다. 마침내 다음엔 그런 이들이 내는 벨소리엔 귀를 닫아버리겠다는 치졸한 다짐을 하기에 이르렀다. 귀는 조용히 바깥세상과 타인을 받아들일 뿐이다. 자신을 내보일 수는 없다. 그러나 기어이 못 들은 척하는 것으로 나를 드러내고야 말겠다며 욱하는 마음을 먹고 만다.

일요일 아침마다 즐기는 텔레비전 퀴즈 프로그램이 하나 있었다. 하루는 그 방송을 시청하다 달팽이가, 이빨은 수없이 많으나 귀는 단 하나도 없다는 걸 알게 됐다. 아! 상추 잎에 있던 그 달팽이는 나의 말을 들을 수가 없어 대답도 못 했구나 싶어졌다.

글벗 한 사람이 모임에서 탈퇴를 하겠다는 글을 남겼다. 자신의 사정을 어렴풋이 알렸으나 그의 정확한 심정을 헤아리기가 쉽지 않았다. 기회가 있을 때마다 이런저런 이야기로 여러 차례 마음의 추위를 하소연했었다. 하지만 우리 중 누구도 그의 말을 들어주는 귀를 갖지 못했기에 그를 따뜻하게 감싸 안아 줄 수 없었다.

그는, 제가 하고 싶은 말만 그럴듯하게 포장해 내뱉으면서 남이 하는 말은 하나도 알아듣지 않으려 하는 우리 모두, 존재하지 않는 달팽이 귀를 가졌다고 여겼을 것 같다. 젊었을 때부터 "사람은 입은 하나이고 귀는 둘이니 최소한 내가 말하는 것의 두 배로 남의 말을 들어야 한다"며 떠들고 다녔다. 그런데 오늘까지도 여전히 그 말과는 정반대로 귀는 한가하게 버려두고 입만 바쁘게 부린다. 이러다간 어느 날 아침 거울 속에서, 작아진 귀는 아예 달팽이 귀처럼 없어지고 대신 커진 입은 하나 더 생긴, 입체파 화가의 그림에서나 볼 성싶은 얼굴과 맞닥뜨릴지도 모를 일이다.

　낙엽들은 자취를 감추었다, 어제 온종일 그칠 줄 모르고 퍼부은 눈으로. 아침에, 닫아 놓았던 베란다 창을 여니 밤새 눈길 위를 달려왔을 바람이 안으로 냅다 들어온다. 저도 추운 모양이다. 그 문우가 찾고 있을, 타인의 말에 귀를 기울이며 함께 따스함을 나눌 줄 아는 그들은 모두 어딜 가야 만날 수 있을까.

# 부부는 무엇으로 사나

　'딩동!' '딩동!' 아침 댓바람부터 도어폰이 연신 울린다. 주문한 적 없는 예닐곱 개의 택배물품들이 잇달아 도착하더니 순식간에 거실을 점령한다. 발신인의 이름도 주소도 없다. 죄다, 실내 자전거를 비롯한 건강 관련 제품들이다. 택배기사에게 수취거부 의사를 밝혀보았다. 그러나 자신들에겐 배달임무만 있을 뿐이라며 내동댕이치듯 두고 가버린다.

　누가 왜 보낸 것인지 알 수 없어 답답해하던 남편이 포장지에 적힌 택배회사의 전화번호를 발견하고 연락을 취해 본다. 무한 반복되는 '통화중'이라는 안내 끝에 가까스로 연결된 그곳에서도 무슨 연유로 우리에게 이런 물품들이 배달된 것인지 알려주지 못한다. 수영을 배우러 갈 시간이 됐으나 여기저기 전화하며 당황해하는 그를 두고 나갈 수 없다.

시 낭송 수업을 받던 지난 가을이었다. 허수경의 〈혼자 가는 먼 집〉을 특유의 맑고 또랑또랑한 목소리로 읽은 선생이, "부부는 무 엇으로 사는가?"라는 질문을 던졌다. 내 입에서 불쑥 "정"이라는 대답이 튀어나왔다. 선생은 사랑이라며 준엄하게 나무랐다.

젊은 시절엔 톨스토이가 동화에서 말한 것처럼 인간이 사랑으 로 살 듯 부부 역시 그러하리라 생각했었다. 한데 나이 들면서, 사 랑으로 쌓아올렸다는 그들의 견고한 성채들이 한순간에 허물어지 는 걸 자주 보고 듣게 되었다. 그 탓일까. 사랑이란, 잔뜩 움켜쥐 었다가 손을 펴면 다 빠져나가 버리는 마른 모래알 같은 건 아닐까 하는 헤아림까지 생겼다. 그 속에는 상대에 대한 배려나 서로를 끝 까지 지키려는 책임감 같은 게 들어설 여지가 없는 듯했다. 사람살 이 화사하게 맑은 날보다 음울하게 흐린 날이 훨씬 더 많지 않던 가. 부부의 삶 또한 마찬가지일 게다. 쓰디쓴 시간도 더불어 겪어내 야 하는 게 부부이리라. 응당 짧고 심상하며 가벼운 사랑보다는 길 고 각별하며 웅숭깊은 정으로 살아가지 않으랴 싶어졌다.

옛날, 한 뛰어난 조각가가 현실의 여성은 결점이 너무 많다고 생 각해 대리석으로 아름다운 처녀의 상을 직접 조각했다. 그는 자기 가 만든 조각품과 사랑에 빠졌고, 산 사람에게 대하는 것보다 더 지극한 정성으로 보살핀다. 미의 여신에게 이 처녀가 자신의 아내 가 되게 해 주십사 하고 간절히 기도를 드린다. 감탄한 여신이 조각상에 숨결을 불어넣고 그들의 결혼식에도 참석해 축복해 준다.

조각가와 그의 아내가 사이좋게 백년해로했다는 후일담은 듣지 못했다. 아마 그녀는 완벽하고 얌전하기만 했던 처녀 조각품에서 자신을 만든 남편에게 잔소리도 해대고 자고 일어나면 구취도 풍기는, 세상의 진짜 여자가 됐을 것이다. 팽팽하기만 했던 얼굴엔 하나 둘 주름살도 생겼을 게다. 그는 그런 인간이 된 아내와 꿈꾸던 대로 환상적으로 사랑하며 살 수 있었을까. 좌절감에 남몰래 새 조각상을 소망하진 않았을지 모를 일 아니런가.

한 화가가, 대리석상이 영혼을 얻어 인간화 되어 가는 여자와 그녀를 포옹하며 기뻐하는 조각가를 그렸다. 팔 년이 지나 화가는 그들의 새 그림을 그리면서 꼬마 에로스를 등장시켜 사랑이 이루어지게 하는 묘약의 금 화살을 쏘게 한다. 짧기만 한 그들의 사랑의 기한을 그렇게라도 늘려 주고 싶었기 때문이겠다.

"오, 로미오, 왜 그대는 로미오인가요……" 캐플릿가의 줄리엣이 가문끼리 서로 질시하는 몬태규 가의 로미오를 원망하듯 부르며 사랑을 고백한 발코니로 알려진 그곳이 최근에 결혼식 장소로 대여된다고 한다. 『로미오와 줄리엣』은 사백 년이 지난 오늘에도 연극으로, 영화로, 발레나 오페라 등으로 끊임없이 재생산 중이다.

청년 극작가 셰익스피어의 명성을 일시에 떨치게 한 이 연애비극은 서로 반목하던 두 명문가 젊은이들의 죽음으로 끝난 운명적 사랑을 이야기했다. 그들의 사랑은 목숨을 담보한 열렬한 것이었으나, 단 칠 일간으로 끝난 단명한 것이었기에 가능하지 않았을까. 연정의 불같은 성질을 극단적으로 보여 주지만 또한 그것이 영속되지 못함도 말한다.

그들이 아들 딸 낳고 행복하게 잘 살다 늙어 죽었다면 지금까지는커녕 그 시대에조차 각광받지 못했을 것이다. 사백여 년 동안 변함없이 사람들의 마음을 붙들어 온 것은 두 가문의 격렬한 반대로 이루지 못한 짧은 사랑에 대한 안타까움 때문이었을 것이다.

텔레비전에서, 일흔을 훌쩍 넘긴 한 남편의 이야기를 보았다. 그는 치매에 걸린 아내의 먹을거리, 용변, 잠자리, 옷매무새 등을 하나하나 챙겨준다. 날이 좋으면 하루에 한 번씩 빠뜨리지 않고 꼭 함께 산책도 나간다. 아내가 마루를 걸어 다니며 여기저기 함부로 떨어뜨려 놓은 변을 휴지로 닦아내면서 동글동글한 게 염소 똥같이 예쁘다며 농을 한다. 지어미가 자신을 지아비로 인식 못하고 그저 자신을 돌봐주는 친절한 사람쯤으로 여겨도 아무 불만이 없다. 어쩌다 그의 아내가, 아기의 배냇짓처럼 아무런 의미 없는 희미한 미소라도 지으면 같이 화답한다.

남편은 막내로 나이 든 부모님이 마냥 오냐 오냐 하는 분위기에서 별 어려움 없이 자랐다. 그래서인지 자신이 아주 잘난 사람이라 여기는 듯했다. 나 역시, 겨우 20대 초반에 교사가 되어 남편에게까지 건건사사 가르치려 드는, 몹시 잘난 체한 사람이었다. 젊었던 시절엔 둘 다 자신을 챙기기에만 급급해 상대가 제대로 보이지 않았다. 자기주장만 옳다 내세우며 자주 다투었다. 먼저 화해를 청하는 쪽이 지는 거라는 못난 마음에 둘 사이에 만들어진 한랭전선은 좀처럼 물러날 줄 몰랐다.

더불어 한 공간에서 산 지 서른 몇 해가 지났다. 이제야 나이 들고 서로가 측은해지기 시작하면서 날 세웠던 모서리가 점점 무디어져 간다. 어느덧 세상을 견뎌 나가는 남편의 모습이 안쓰럽다. 그의 건강이 내 건강보다 더 염려스러워진다. 그는 내 글이 실린 문예지를 자신의 책장에 꽂는다. 나는 그가 그린 유화를 벽에 걸라며 망치와 못을 건넨다. 함께 산 세월만큼 정도 쌓여 가나 보다.

거의 한나절을 남편은 전화통에 매달렸다. 어이없게도 그 물건들은, 한동안 거래했었던 증권회사에서 다른 사람에게 가야 할 것을 잘못 보내온 것이었다. 해거름에 퀵 서비스 기사가 와서 회수해 갔다. 종일 체한 듯 답답했었던 속이 다 시원해졌다.

밤이 되자 걱정거리를 해결한 남편이 태평스레 코를 골며 잔다. 한때는 코고는 소리에 잠 못 이룬 적도 많았다. 하지만 이젠 거의 자장가쯤으로 듣는다. 지상에서 가장 편안한 자세로 나도 곁에서 잠에 빠져든다.

# 열심히 일한 당신

'…바람이 불어와도 화염만 같아/부채로 불기운을 부쳐대는 듯/
목말라 물 한 잔 마시려 하니/물도 뜨겁기가 탕국물 같네……'

고려 문인 이규보의 「고열: 무더위」 중 한 대목이다. 낮 최고 기
온이 사람의 체온을 웃도는 날이 이어진다. 에어컨을 계속 틀고 찬
음료를 연신 들이켜 봐도 천 년 전 선생이 살아 계실 적과 다를 바
없이 덥다. 집 가까이의 슈퍼만 다녀와도 솜을 지고 일부러 물에
빠진 나귀 꼴이 되고 만다. 숨 쉴 틈조차 주지 않으려는 듯 빽빽한
열기에 습도까지 높은 이 도시에도 밤이 찾아온다. 하지만 더위는
가시지 않아, 이곳은 내일 아침까지 왕자의 이름을 알아내지 못하
면 원치 않은 그의 청혼을 받아들여야만 하는 공주처럼 오늘 밤도
잠 못 이루고 뒤척인다.

폭염에 지친 이웃들은, 매일 대하는 아래 위층에 사는 이들이 자신들 마냥 안쓰러운 모양이다. 얼굴만 마주치면 시원한 곳으로 휴가 가지 않느냐며 물어온다. 나는 선뜻 대답하지 못한다. 속으로, 그린란드쯤이면 몰라도 지리산 계곡이나 강원도 골짜기도 덥지 않던가 하고 만다. 왜 삼백육십오 일 매일 놀고 있는 나에게 쉬기를 권하는 걸까. 하는 일 없이 노는 사람에게까지 휴가 가라고 등 떠미는 건 과분한 배려가 아닐까 싶어진다.

'열심히 일한 당신 떠나라'라는 광고가 유행했던 적이 있었다. 그 당시나 지금이나 노동의 반대급부로 주어지는 휴가 문구에 걸려 길을 나설 땐 괜스레 미안해지곤 한다. 물론 주부로서 집안일을 하고 있으니 전혀 놀기만 하는 건 아니다. 하지만 열심히 하는 것이 아니라 그런지 누가 무슨 일을 하느냐 물을 때마다 늘 백수라 말한다. 딸아이는, 그 말할 때의 내 표정이 처량하게 보이는지 주부라는 일을 가지고 있지 않느냐며 꼭 고쳐주려 든다. 직업이란, 생계를 위해 일상적으로 하는 노동을 뜻한다 하니 살림살이도 엄연한 업무 중 하나일 성싶다. 그럼에도 내가 항상 놀고먹는다는 심정이 되는 건 가사를 제대로 하지 않고 또 은연중에 그 가치를 인정 않는 잠재의식에서 비롯된 듯하다.

가사노동이 건강하게 그려진 김홍도의 〈빨래터〉그림을 본다. 여인들이 한여름 냇가로 나와 빨래를 한다. 갓 쓰고 도포 입고 부채로 얼굴을 가리고 훔쳐보는 선비의 소심한 시선에도 아랑곳없이

치마와 고쟁이를 걷어 다리를 드러낸 채 평평한 바위에 앉아 힘차게 빨랫방망이를 두들긴다. 찬물에 발을 담그고 서서 빨래를 헹군다. 넓적한 바위에 앉은 젊은 여인은 속바지가 다 드러나도록 편하게 앉아 감은 머리를 손질 중이고 옆에 붙어있는 사내아이는 아예 아랫도리를 벗고 통통한 엉덩이를 시원스레 드러내고 있다. 염천의 빨래터는 그네들의 일상이 신나게 표출되는 삶터가 아니었을까. 뒤뜰 연못가에서 격식 갖춰 차려 입고 조용히 물빛을 감상하는 것으로 더위를 식혀야 했던 양반 댁 마님들도 찌는 듯하는 무더위엔 이들이 부럽지 않았겠는가. 누가 빨래터의 이 여인들을 백수라 말하며 이들의 노동이 무가치하다 하랴.

구십 년대 중반 무렵부터 삼, 사십대 여성들은 '직업인으로서의 주부'를 자임하면서 '주부 아무개'임을 내세우기 시작했다. 그들은 집안일을 합리적으로 잘 해낸 뒤 공부도 하고 취미생활도 즐겼다. 자식들이 내미는 가정환경조사서의 어머니 직업난엔 '주부'라 또렷이 적었으리라. 요즘의 영민한 젊은 전업주부들 역시 마찬가지의 사고를 가지고 있지 않을까 싶다.

여름 내내 하루 세 끼만 겨우 해 먹었으나 세탁기는 열심히 돌렸다. 빨래를 널어놓고 돌아서면 내리쬐는 강한 햇볕에 이내 보송보송 말라 미뤄두기가 아까워서였다. 반면에 청소는 언제 했는지 기억이 까마득하다. 십여 년 넘어 앞 베란다에서 지내는 우리 고양이 부수가 거실로 들어와 날도 더운데 제 거처까지 지저분하다고 내 얼굴을 쳐다보며 앙칼진 목소리로 야옹거려도 못 본 척 안 들은 체 한다. 그러면서 이 가마솥더위에 저나 우리나 꼬박꼬박 밥 챙겨 먹는 게 어디냐며 날씨를 내 게으름의 제물로 삼는다.

말복을 지났다. 머잖아 삽상한 바람이 불어 올 것이다. 우선 부수가 사는 베란다를 깨끗이 청소해 주어야겠다. 녀석은 제 의자에 앉아 나에게 슬쩍 짧은 눈맞춤을 보낸 뒤 털 고르기를 하다 이내 낮잠에 빠져들 것이다. 청소하는 내내 녀석이 오수를 즐긴다 하더라도 잠시 보내 준 그 눈빛에 홀려 잠을 깨우지 않으려 공손한 집사를 자처하며 조용히 움직일 것이다. 거실의 창을 활짝 열고 살갗에 와 닿는 서늘한 바람의 감촉을 즐기며 공들여 쓸고 닦을 것이다. 식탁도 정성들인 음식들로 채울 생각이다.

이젠 '열심히 일한 당신'이 될 것이다. 염천과 폭우를 견뎌 낸 잎들은 빨갛게, 노랗게 단장하고 파랗게 높아진 하늘 아래 설 것이다. 사람들은 봄꽃보다 더 곱게 물든 가을단풍을 맞으러 떠날 것이다. 그 대열에 나도 당당히 주부라 말하며 부끄럼 없이 동참할 것이다.

# 뻐꾸기 소리

밭두렁의 호박잎도 축 늘어진 8월 초입이다. 뻐꾸기 한 마리가 '삐 삐 삐 삐*' 처연하게 울어대며 산등성이를 넘어간다. 멀리서 갓 산란한 붉은머리오목눈이 둥지를 매의 눈으로 살피다 주인이 잠시 자리를 비우자 빛의 속도로 날아와 가장자리 알 한 개를 밀어내고 자기 알 하나를 낳아 두고는 저리 피울음을 토하며 간다.

남겨진 알은, 어미 뱁새가 알을 품은 지 두 주쯤 지나 부화하는 뱁새 알보다 딱 하루나 이틀 먼저 깬다. 녀석은 알에서 깨자마자 아직 껍질을 못 깬 뱁새 알들을 모조리 밖으로 던져 버리고 둥지를 독차지한다.

---

* '뻐꾹뻐꾹' 하고 우는 것은 수컷이고 암컷은 '삐 삐 삐 삐' 하는 소리를 낸다. (출처: 두산백과)

어미 뱁새는 자신보다 몸집이 더 큰 남의 새끼 입 안으로 제 몸을 반쯤 밀어 넣은 채 나비나 딱정벌레 등의 유충과 성충을 잡아먹이며 키운다. 부란한 지 스무 날 정도가 지나면 날갯짓까지 가르친다. 저보다 훨씬 튼실한 뻐꾸기 새끼를 자신보다 뛰어난 유전자를 가진 자기 새끼로 아는 듯 연신 입 꼬리를 올린다.

혼인색으로 한껏 치장한 고추잠자리가 떼를 지어 나는 9월 초가 되면 어미 뻐꾸기는 날마다 뱁새 둥우리로 날아와 목이 터져라 제 새끼를 부른다. 매일 꺽꺽거리며 울어대던 이 녀석은 기어이 새끼를 꾀어내 해종일 태양이 작열하는 뜨거운 땅으로 함께 떠나버린다.

달포 전 이 새를 제재로 한 수필 몇 편을 읽은 감흥이 나를 지배했기 때문일까? 연전에 방영돼 큰 반향을 불러일으켰던 텔레비전 다큐 〈뻐꾸기의 일생〉이 눈앞에 고스란히 재생되어 온다. 생각하면 할수록 영 마뜩찮다 싶다. 어이구! 그 어미에 그 자식이라더니……. 두 모녀를 찾아내 눈동자를 빗뜨며 정수리를 콕콕 쥐어박고 싶어진다.

소설가 L은 뻐꾸기의 서러운 울음소리에 산천초목 모두가 팔자소관이라며 이해하고 같이 살아간다고 말한다. 하지만 나는 도저히 녀석의 형편이 너그럽게 받아들여지지 않는다. 둥지를 짓지도, 제 새끼를 품지도, 수고로이 먹이를 잡아 주어 키우지도 않으면서 때가 되면 유유히 나타나 새끼를 데리고 훌쩍 가버리지 않는가. 뻐꾸기가 피눈물을 쏟으며 부르는 비가悲歌를 단지 제 새끼와의 헤어

짐을 헤아리는 울음으로 여기는 나와 달리 그는 남의 새끼를 해롭한 회한의 통곡으로 생각하나 보다.

사람들은 항용 세상사란 옳고 그름이 분명하게 운영되어야 한다며 뻐꾸기의 경위 없음을 나무란다. 나는 여태껏 옷깃을 넉넉히 펼쳐 남을 품어 안는 아량은 가져보지 못했지만 늘 경위 바르게 살았노라 큰소리를 친다. 하지만 결코 타고난 성품이 옳아서 그리 살 수 있었던 것은 아닐 게다. 그건, 지옥에 살면서 천국을 생각하는 '서울특별시 낙원구 행복동 46번지'에 살던 난민들같이 어찌할 수 없는 불운한 처지에 놓인 경우가 없었다는 것에 지나지 않을 입찬 소리일 성싶다.

어쩌면 뻐꾸기는 집을 안 짓는 얌치머리 없는 새가 아니라 못 짓는 운 없는 새인지도 모르겠다. 녀석은, 제 성정이 까치처럼 생가지마저도 툭 부러뜨려 물고 오는 생래적인 배짱도 없고 제비같이 진흙 한 입, 지푸라기나 땅에 떨어진 자잘한 나뭇가지 하나도 물어오는 곰바지런함도 타고나지 못한 것 같으니 말이다. 뻐꾸기라 어찌 돋을양지에 둥지 하나 깃들여 놓고 싶지 않겠는가. 푸른 나뭇잎 깔아 새끼 낳고 해돋이엔 먹이 사냥을 나가며 제 손으로 키우고 싶지 않으랴.

어미뻐꾸기로서는 어쩔 수 없어 탁란한 제 새끼를 곧 무서리 내리고 까마귀 우짖을 찬 숲에 버려둘 수는 없었을 터이다. 데려가며 뱁새에게는 미안하다, 고맙다며 무수히 머리를 조아렸을 듯도 하다.

거미는 자칫하면 제가 쳐 놓은 그물에 걸려 곤경을 치를 어려움을 감수하고서 수천 번을 오르락내리락 거리며 거미줄이라는 집을 지어 먹이를 구한다. 매미는 굼벵이로 땅속에서 무려 10여 년을 살다 허물을 벗고 비상한다. 녀석은 집도 짓지 않고 이슬을 먹고 울기만 하다 긴 여름 한 철을 겨우 7일쯤 향유하다 죽는다. 비쩍 마른 거미가 제 거미줄에 걸린 통통하게 살 오른 매미를, 주린 배를 움켜잡으며 휘익 날려 보내야 옳은 일이런가.

백호가 막 말을 타려 할 때 하인이 나서며 짚신과 가죽신을 한 짝씩 신었다며 말렸다. 백호는 길 오른편에서 보는 이는 내가 짚신을, 왼편에서 보는 이는 가죽신을 신었다고 할 텐데 뭐가 잘못이냐고 반문한다. 연암은 이 일화를 들어 세상에서 보기 쉬운 것으로 발만 한 것이 없으나 보는 방향이 같지 않으면 짚신인지 가죽신인지 구별하기 어렵다며 바른 견해는 진실로 옳다 그르다 하는 시비 가운데 있는 것이라 말한다.

뻐꾸기의 생태에 대하여 가벼이 시시비비의 잣대를 들이댈 수는 없을 듯하다. 그들은 어쩔 수 없이 유전적 본능대로 살아갈 뿐이고, 이 또한 자연의 섭리 아니랴. 조물주에겐 뱁새도, 뻐꾸기도, 거미도, 매미도 그저 깨물면 다 아픈 손가락들이리라.

올해도 어김없이 보리가 익어가는 6월은 오고 우리 동네 뒷산에서도 뻐꾸기는 하릴없어 '뻐 삐 뻐 삐' 섧게 울어댈 뿐이겠다.

# 애지욕기생

흰 날개를 단 민들레가 바람을 타고 허공으로 흩날린다. 시간이 지나면 다시 땅에 뿌리를 내리고 하늘의 별을 닮은 노란 꽃을 피워 낼 것이다.

〈민들레 바람 되어〉라는 연극을 남편에겐 같이 보자는 말 한마디 않고 혼자 보러 왔다. 밥상머리에서 딸아이도 좀처럼 하지 않는 반찬 투정을 해 미워서이다. 나 빼곤 모두 부부나 연인이 함께 와 앉아 있는 것 같아 조금 쓸쓸해진다.

무대에서 젊은이들이 연애를 시작한다. 남자는 여자가 『이상한 나라의 엘리스』를 좋아한다는 걸 안다. '엘리스는 체셔고양이에게 어느 길로 가야 하는지 묻는다. 체셔고양이는 자신이 어디로 가고 싶은가에 달려 있다고 대답한다.' 남자는 그 부분을 종이에 적어 곁

눈질해 가며 외우는 척 여자의 환심을 산다. 그 여자가 좋아하는 것은 보석이나 명품가방이 아니라 책이고, 남자는 그런 여자를 좋아한다. 그들이 예뻐 보였다. '엘리스'를 가슴에 품고 다녔었던 젊었을 때의 순수가 그리웠기 때문이었으리라.

극중에서 남자와 여자는 결혼했지만 아내가 너무 빨리 이승을 버린다. 삼십대 남편은 아내의 무덤을 찾아 외로움을 호소한다. 그녀는 자신의 무덤가에서 힘든 그를 보듬어주고 함께 대화하지만 그는 듣지 못한다. 그의 사랑은 움직일 줄 모르고 그 자리에 머물러 있다. 시간을 거슬러 올라가 지난날들을 다시 살아내려 한다. 그는 보이지 않는 그녀만을 붙잡고 다른 사람과의 소통을 거부한다.

우리는 어쩌면 사소한 것에서부터 상대를 늘 오해하는지 모른다. 극중 남편은 생전엔 꽃을 좋아하는 아내를, 돈을 더 좋아할 것이라 지레짐작하며 꽃다발 한 번 안기지 않았다. 그의 아내는 죽은 후 무덤에서 그에게 비로소 꽃을 받았다. 나의 남편은 결혼기념일과 생일날 꽃을 선물했었다. 그런데 내가 살이 찌고부터는 꽃대신 밥을 선물이라고 사준다. 공교롭게도 남편이, 식사준비 하기 싫어하는 내게 밥이 꽃보다 낫겠다고 생각한 시점과 내가 뚱뚱해지기 시작한 게 일치했을 뿐 꽃과 살은 아무런 연관이 없을지도 모른다.

거의 날마다 무덤을 찾던 그가 어느 날 아내에게 자신의 재혼을 알린다. 딸에게 엄마가 필요해서라 얘기하지만, 관객은 그가 젊고 쓸쓸하기 때문이란 걸 안다. 재혼 상대가 좋은 여자라는 그의 말에 극을 보던 이들은 진심으로 지지를 보내며 그녀와 잘 살기를 바랐다. 그러나 재혼한 여자마저 얼마 되지 않아 그의 곁을 떠나버린다. 죽은 아내에 대한 그리움이 새 사랑에게 자리를 내어주지 못하게 했으리라. 마음속으로 나는, 저렇게 매일 죽은 아내만 찾는 남편이라면 어떤 여자가 함께 살고 싶겠냐며 그를 버린 재혼한 아내를 오히려 측은해 한다.

남편은 나이 먹어 회사에서 고립되는 괴로움과 마음에 들지 않는 사윗감에 대한 원망들을 무덤가에서 낱낱이 이야기한다. 그의 아내는 그런 그를 격려하기도 하고 따끔한 충고를 하기도 한다. 서로 다른 세계에서 살아 통할 수 없다 여겼으나 그들의 소통은 이뤄진다. 서로를 향한 절절함이 생과 사의 경계마저 허무는 모양이다.

남편의 아이는 사실, '아내의 아이'이다. 아내는 부부싸움을 하고 자신과 남편을 아는 선배를 찾았다. 그러나 이 일은 어이없게도 남편에게 말할 수 없는, 무덤까지 가져가야 할 밝히지 못할 사실을 만들게 했다. 그는 아내의 이런 비밀을 알면서도 그녀에 대한 사랑으로 그녀만을 닮은 아이를 정성껏 키워 왔으나 아이는 그에게 삶의 의욕을 주지 못한다.

『토지』의 '월선'에게는 어린 시절부터의 연인 '용'이 있다. 그녀는 그의 아들을 제 속으로 낳은 자식으로 여기고 사랑하며 살아간다. 그녀를 아끼는 용은 이런 그녀의 마음을 생각하며 아들의 생모와의 갈등 속에서도 꿋꿋이 살아간다. 남편도 월선처럼, 내가 낳지 않은 자식이지만 진정 사랑했더라면 매일 죽은 아내를 찾는 대신 살아있는 아이를 바라보고 삶을 사랑하며 살 수 있지 않았을까 싶어진다. '애지욕기생愛之欲基生, 누군가를 사랑한다는 것은 그 사람을 살게끔 하는 것'이라 하지 않는가. 그에게 '아내의 아이'가 그를 살게 하는 누군가가 될 순 없었던 것일까.

무대는, 장소의 변환이나 배우들의 별다른 동선 없이 이루어져 있다. 상황은 주인공의 대화로만 짐작할 수 있다. 게다가 민들레가 지천으로 피어 있다고는 하지만 무덤가가 배경이다. 주제도 부부간의 사랑과 갈등을 그려 무겁다. 이런 극에 바람둥이 노인과 노부인이 활력소의 역할을 한다. 젊어 밖으로 떠돌며 끊임없이 여자 문제로 노부인에게 상처를 줬던 바람둥이 노인. 그러다 늙은 아내가 아프기 시작하자 아내의 수발을 들고 기도하며 죽은 뒤에는 늘 아내의 묘소를 찾는다. 노부인은 자신의 죽음 앞에서 마음을 바꿔 정성을 다하는 노인에게 냉랭했던 마음을 조금씩 녹인다. 노인은 아내에게 늦은 참회를 한다. 노인이 젊었을 때 성가를 팝송인 것처럼 불러 여성들을 유혹했다는 등의, 노부부의 해학적 대화는 다소 작위적인 듯했으나 가라앉은 극의 분위기를 반전시키며 간간이 객석의 웃음을 이끌어 낸다.

"나를 안아줘, 여보."

남자는 어느덧 칠십대 노인이 되었다. 그는 이제 기운이 없다. 사람은 같은 공간에서 마주 앉아 울고 웃어도 문득 문득 외롭지 않던가. 홀로 긴 세월을 겪어 냈으니 많이 고독했으리라. 그는 아이마냥, 관객에게만 보이는 아내에게 안겨 이 말을 남긴 채 아내의 묘지에서 힘들었던 삶을 놓는다.

같이 올 걸 그랬나 보다. 미우니 고우니 해도 삼십여 년을 함께한 옆지기가 아닌가. 앞으로 또 그만큼의 세월을 다시 함께하며 나는 그를, 그는 나를 살게끔 하는 존재가 되었으면 좋겠다.

길가의 민들레 하얀 꽃씨들이 바람을 타고 날아간다, 봄에 돌아와 다시 노란 꽃을 피우겠다는 약속을 남기고.

# 아기 부처님의 설법

개나리가 참새처럼 재잘재잘 거리며 눈웃음을 건넨다. 제비꽃과
냉이꽃은 보도블록 틈새로 꿋꿋이 얼굴을 내밀고 의연하게 미소를
짓는다. 플라타너스도 제 우듬지에 튼실한 까치둥지를 깃들여 놓고
함박웃음을 터뜨린다.

생의사 미륵삼존상을 찾아 국립경주박물관 불교미술실로 든다.
겨우내, 아이같이 천진한 도상의 미소에 시선을 사로잡힌 채 얼마
나 가슴을 두근댔던가. 널찍한 공간에 모여 있던 여러 불상 가족들
이 온화한 미소로 중생을 맞아 주신다. 드디어 어린아이 같은 귀여
운 생김새로 아기 부처라 불리는 앳된 모습의 미륵삼존불을 배알
한다.

가운데 본존불이 양다리를 내려 의자에 앉아 계신다. 의좌상<sup>(倚</sup>

坐像은 먼 후세에 인간세상을 찾아와 자비를 베풀어 주실 미래불의 상징으로 알려져 있다. 내 키보다 큰 앉은키의 둔중한 몸집에 둥그스름한 얼굴과 반쯤 감은 듯 하는 눈이 여느 존외하는 부처와 비슷한 형상을 지녔다. 하지만 오월의 햇살보다 더 눈부신 미소를 짓는다. 묵언 수행중이시다. 그러나 미소로 먼 훗날 이 땅에 내려앉을 이상향을 설하신다.

양쪽에는 가녀린 협시보살이 서 있다. 본존불의 앉은키에 턱없이 못 미치고 몸집도 반이 채 되지 않는다. 어린아이와 같은 사등신의 신체비례를 하고 발등은 새까맣다. 좌 협시보살이 깨어진 콧잔등을 하고 생글생글 웃으며 반겨준다. 그 웃음에 사람살이에 찌든 묵은 탐욕과 오랜 시름이 단박에 멀찌가니 물러난다.

견학 온 아이들이 귀엽다며 협시보살의 새까만 발을 시샘하듯 다투어 만진다. 나 역시 포동포동한 보살들의 발에 자꾸 손이 가려고 한다. 병아리 떼들이 지나간 뒤 쑥스러워 참고 있던 접촉을 감행한다. 분명 돌로 만들었지만 아기 발을 만졌을 때의 말랑말랑하던 감촉이 그대로 전해온다. 보살들의 모습이 좀 전까지 깔깔대며 맨발로 온 절집 안을 뛰어다니다 스님의 급한 부름을 받고 법당으로 막 들어와 얌전한 듯 서있는 개구쟁이 동자승 같다.

보살은 부처가 되기 위해 서원을 세우고 그 원을 이루고자 수행을 한다. 부처 곁에서 시중을 드는 것이 그들의 임무라 들었었다. 한데 앙증맞게 웃기만 하는 저 보살들이 어찌 부처를 수발하랴. 어쩌면 도리어 자비로운 본존불이, 뛰고 노느라 흐트러뜨린 저들의 옷매무새를 여며주고 돌봐 주시는 게 아닐까. 찬찬히 보살들의 미소를 살핀다. 정말 사랑스럽다. 보살들은 천 년이 넘는 긴 세월 동안 늘 곁에서 천진난만한 웃음으로 부처의 마음을 보살펴 그 소임을 하고 있는 것이리라.

그들은 지혜와 불심을 상징하는 연꽃을 들고 웃고 있다. 연이 봉오리 상태이니 성불은 아직 먼 모양이다. 오지랖 넓게도 이들의 소원은 언제쯤 이루어지려나 하는 걱정이 잠시 스쳐간다. 하지만 그것은 세상사를 바라보는 나의 잣대일 뿐이리라. 이런 저런 헤아림과 무엇 무엇이 되어야 한다는 탐욕 탓일 게다. 정작 보살들은 부처가 되려는 욕심도 내려놓고 사바세계의 이 어리석은 제유를 향해서도 그저 웃어준다. 일찍 삼존불이 지닌 미소의 참뜻을 깨달았다면 지나온 날들의 오류를 막을 수 있지 않았을까.

나도 한 번쯤은 휘황한 불빛 아래 서 있는 주인공이 되고 싶었다. 어렸을 땐 우등생인 형제들과 비교하고 늘 못났다, 모자란다 하며 자신을 들볶고 열등생이란 자괴감을 무섭게 느꼈었다. 얼마 전까지도 이것저것 공부를 하러 다니면서 무엇 하나 신통하게 하는 게 없다는 이유로 배움이 즐겁기는커녕 잘하는 이들을 질시하며 자존감만 다치기 일쑤였다.

본존불이 찬연한 미소를 지으며 "너는 못나지 않았다. 있는 그대로 온전하다. 입 꼬리와 눈꼬리가 올라가도록 활짝 웃어라, 미소는 우리 내면의 자비심을 이끌어 내는 마중물이니," 하고 일러 주신다. 눈으로 들어야만 오롯이 들리는 부처님의 무설설법, 입술 꼬리를 뺨 가운데까지 올려 웃는다. 아, 그렇구나. 나도 너도, 나아가 우주에 편재한 삼라만상, 곧 새봄에 돋아나는 여린 풀포기 하나까지도 있는 그대로 다 같이 얼마나 어여쁘고 어여쁜 존재들이랴 싶어진다.

생의사 미륵삼존상은 경주 남산 수리에서 발견되었다. 『삼국유사』는, 생의라는 승려가 꿈속에서 나를 파내어 달라는 노승의 음성을 듣고 땅 속에 묻힌 삼존불을 찾아내 경주 남산 삼화령에 생의사를 세우고 봉안하였다고 전한다. 기록에는 644년, 선덕여왕 재위 13년에 제작한 것이라 한다. 경덕왕 때 승려 충담사는 차를 공양했다고 한다. 삼존불은 긴 세월을 산속에서 꼼짝없이 거센 눈보라를 견뎌야 했던 탓에 안위를 위해 경주박물관으로 보금자리를 옮겼다. 황룡사 구층탑, 분황사, 첨성대, 감실부처님 등의 선덕여왕 시대 문화유산 가운데 가장 사랑스런 유물로 꼽히는 이 미륵삼존상은 2016년 8월에 들어서야 문화재청에 의해 국가지정문화재 보물로 지정 예고되었다.

15세기 막바지에 미켈란젤로는 피에타를 조성하였다. 내가 이 거대한 대리석에 누워 있으니 불필요한 부분을 떼어내 모습을 드러내라는 예수의 말씀을 따랐다 하던가. 꽤 오래 전 바티칸시국의 베드로 대성당에서 유리 저편에 앉아 있는 피에타를 예알했었다. 성모

마리아가 십자가에서 내려진 예수의 시신을 무릎에 안고 슬픔에 잠겨 있다. 내 시름에 젖어 완벽한 고전적인 아름다움에도 왈칵 눈물을 쏟고 말았었다.

지금도 세계 곳곳에서 모여든 무수한 사람들이 피에타 앞에 서 울고 있을 것 같다. 그들과 생의사 미륵삼존상 본존불의 자비로운 미소를 나누고 싶다. 눈물과 한숨소리는 저절로 멀리 사라지지 않으랴.

이 말 없는 부처님의 설법이 봄꽃 향기처럼 온 누리에 널리 울려퍼지길 염원하며 박물관을 나선다. 아기부처들이 나를 배웅한다.

# 문젯거리들

"온 우주가 나를 복된 사람으로 만들려고 계책을 꾸미고 있다."

한 목사의 전언이 계속 머릿속을 맴돈다. 도대체 왜? 어째서 게으르고 어리석기만 한 나를 위해 온 천지가 축복을 꾀하고 있는 걸까? 연신 고개를 갸웃거리며 그 말의 의미를 곱씹고 또 곱씹어 본다. 어쩌면 그가 가리키는 나란, 삼라만상에 편재한 모든 살아 있는 존재들, 눈 내리는 추운 겨울날 보도블록 틈 사이로 꿋꿋이 얼굴을 내미는 작은 풀포기 하나까지도 다 일컫는 것이 아닐까 싶어졌다. 해서 성스러운 전당에 발 들여놓기조차 저어하는 속물인 나에게도 뭇 생명의 일원으로 복을 누리며 지내라고 축원하는 듯 여겨진다. 하지만 살면서 끊임없이 일어나는 크고 작은 문제들이 그 책략을 방해하며 놓아주지 않는다.

욕실의 세면대 배수가 시원찮다. 거실의 전등갓은 벗어져 있다. 집 안의 모든 불빛이 어둡다. 주방의 손바닥만 한 액정 텔레비전은 죽어 버렸다. 베란다의 우드블라인드 하나가 균형을 잡지 못해 한쪽으로 기울었다. 거의 동시다발로 일어난 소소한 문제들이었지만 해결에는 며칠이 소요되었다. 그동안 기사들과의 약속 시간을 기다리느라 꼼짝없이 집 안에 갇혔었다.

　이 모든 문제들을 해결하고는 겨우 한숨을 돌리고 있었다. 좀체 먼저 연락하는 법이 없는, 객지에서 사는 하나뿐인 딸아이에게서 전화가 왔다. "엄마" 하는 목소리가 몹시 떨린다. 빗길에 미끄러져 병원에 와 있는데 너무 아프고 불안하다며 엉엉 운다. "괜찮다, 괜찮아, 엄마가 금방 갈게." 같이 울먹이기라도 하면 아이가 더 놀랄 것 같아 터져 나오는 울음을 억지로 누르며 짐짓 태연한 목소리로 달랬다. 옷장을 열어 손에 잡히는 대로 아무거나 꺼내 입은 옷 위에 걸치고 달려갔다.

　제 방에 누워있다. 병실이 모자라 입원도 못 했다며 온몸의 통증을 호소한다. 덩그러니 누워있는 아이를 보는 순간 참았던 눈물이 쏟아진다. 아무것도 못 먹겠다는 아이에게 밥을 권하니 쿠션에 기대 겨우 먹는 시늉만 한다. 좋아하는 키위를 깎아 입에 넣어주니 아예 누운 채 받아 넘긴다. 똑바로 누워있다 자세를 바꿀 때마다 끙끙 앓는다. 크게 다치지 않았다는 의사의 말을 전해 들었지만 아이는 밤낮 없이 심한 통증에 시달린다. 새끼 몸에 작은 생채기만

나도 쓰린 게 어미 마음 아니던가. 가슴이 미어진다.

아이가 생각보다 빨리 몸을 추슬러 회사에 다시 출근하기 시작했다. 빈집에 앉아 부쩍 텔레비전과 친해버린 아이를 생각한다. 제가 학교 다닐 땐 나더러 많이 시청한다고 흉을 보더니 이젠 생전 안 볼 것 같던 드라마까지 본다. 쓸데없는 말소리라도 채워 넣어야만 퇴근 후의 텅 빈 공간을 견딜 수 있었던 모양이다. 어쩌랴. 거기는 싫다며 굳이 여기를 선택한 건 딸아이 자신이다. 마음이 쓰이지만 외로운 걸 참아내는 것도 제 문제일 터이다. 예전에 들었던 이야기 한 토막이 생각난다.

살면서 이런저런 문제에 지친 한 사람이 친구에게 그것들을 해결해 준다면 큰돈을 주겠다고 제안했다 한다. 친지는, 수천 명의 사람들이 한 평 남짓한 방 하나씩을 온통 잔디로 장식을 하고 대천사 미카엘이 대문을 지키는 가운데 아무 문제없이 평화롭게 살아가는 곳이 있다. 가서 보고 마음에 들면 돈을 달라. 그리고 내가 아는 한 아무 문제없이 살아가는 사람은 없으며 오히려 조심하고 경계할 것은 하나의 문제도 갖고 있지 않는 것이다. 그것은 이미 자신이 무덤을 향해 다가가고 있다는 걸 의미하기 때문이라고 말했다.

참 다행스럽게도 아이는 현재 산악자전거 타기와 암벽 등반, 철인 3종 경기를 제외한 운동은 뭐든 해도 된다. 수영과 사진 찍기에 재미를 붙여 텔레비전과도 멀어졌다. 하나, 또 언제 다른 문젯거리를 들고 "엄마" 하며 나를 부를지 알 수 없다.

거실의 불빛이 또 흐려졌다. "여보" 하며 얼굴을 찌푸린 채 남편을 쳐다보는 내게 도리어 어깨가 아프다며 하소연한다. 그러면서 어깨가 시원찮은 지 꽤 됐다며 걱정시키고 눈꺼풀이 자꾸 내려 감겨 안검하수 수술을 받아야 한다며 마음을 졸이게 한다.

감기에 걸린 나는 병원에 다녀왔지만 아직 머리가 아프고 심하게 쿨럭거리고 있다. 지병인 관절염은 약을 먹고 있으나 둔한 아픔을 전하며 저와 동거중임을 수시로 상기시킨다. 질병이 오는 건 생명을 보존하기 위한, 곧 살아있기 위한 전략 가운데 하나라 하던가.

구스타프 클림트의 작품 〈죽음과 삶〉이 떠오른다. 해골이 검은 십자가 문양이 수없이 그려진 창백한 보랏빛 망토를 입고 있다. 반면 생명은 분홍과 주황, 살굿빛이 어우러진 화려한 색채와 율동적인 곡선으로 갓난아기, 눈을 살짝 뜨고 죽음을 바라보는 홍조 띤 소녀, 눈을 감은 부드러운 여체들, 구릿빛 젊은 근육질 사내의 상체를 한 덩어리로 화폭에 활짝 펼친다. 왼쪽 구석으로 밀려난 죽음은 삶 자체가 바로 찬란한 축복 아니겠느냐는 듯 뻥 뚫린 동공으로 부럽게 바라보며 서 있다.

삶은 힘들게 헤아려야 할 갖가지 문제들을 매일 정답도 없이 내던진다. 그리고 저마다의 해법으로 풀어내라며 부추긴다. 어쩌면 이런저런 문젯거리들을 가지고 있다는 게 곧 자신이 실존하고 있음을 보여주는 증표 아니랴 싶다.

말갛게 씻긴 얼굴로 첫새벽을 여는 붉은 해. 나른한 한낮을 깨우는 미나리아재비 노란 꽃에 앉아있던 작은주홍부전나비 한 마리. 어스름 저녁에 풍겨나는 녹색 로즈마리의 진한 향기. 지인이 보내 준 사진 속에서 함박웃음을 웃고 있는 백일 된 그녀의 귀여운 손녀. 옆집 어린아이의 상냥한 배꼽 인사. 친구의 다정한 안부전화……. 살아있는 동안은 늘 이런 것들을 보고 누릴 수 있을 터이니 이 얼마나 큰 기쁨이고 행복이런가.

하늘을 올려다본다. 청회색 밤하늘에 흰 달이 떴다. 푸른 별들도 하나 둘 돋아난다. 온 우주가 나를 복되게 하려고 이 밤도 책략을 꾸미고 있을 것이다.

# 모성

　우포늪에 섰다. 늪의 긴 둑에 펼쳐진 까마중, 개여뀌, 명아주는 앙증맞은 흰 꽃을 이미 떨어뜨리고 잎만 핼쑥하다. 찬 서리 내리고 물기 잃은 스산한 바람이 몇 차례 불어오면 그들은 무너져 내려 제 몸 누일 곳을 찾을 것이다. 흙은 그들을 보듬어 안아 늪을 노래하는 배한봉 시인의 시 한 구절처럼, '사방 곳곳 타악 탁, 탁, 습지식물들의 씨방 터지는 소리'가 들리는 봄을 함께 기다려 줄 것이다.

　고즈넉해진 늦가을의 늪에 서니 왕성한 생명력을 지녔던 가시연의 지난여름이 떠오른다. 연의 잎은 드넓은 우포늪의 물을 완벽한 녹색으로 덮어 제 세상으로 만들었었다. 이제 맷방석처럼 둥근 그 잎은 덧없이 녹고 가시조차도 사라져 버렸다. 풍성한 초록 융단의 한때는 가버렸다.

연의 잎은 어렸을 적 엄마를 따라갔던 시골 친척집 마당에 점잖게 앉아있던 가마솥 뚜껑같이 컸다. 꽃은 그 잎에 비해 터무니없을 정도로 작고 여렸다. 하지만, 가시투성이 잎을 뚫고 송곳으로 무장한 꽃자루에서 보랏빛 아름다움을 피워 올렸다. 연은 이곳을 찾는 수많은 이들의 마음을 사로잡는다. 그 자태에 매혹 당한 사람들에게 연신 셔터를 누르고 오랫동안 보고 지냈던 듯 서로 눈인사를 주고받게 만든다.

어미는 모진 산고에도 울음을 터뜨리며 태어나 준 제 핏줄이 얼마나 대견스럽던가. 잎 역시 자신을 찢고 나오는 가시연을 미워하기는커녕 늪을 찾는 사람들을 기쁘게 하는 꽃을 지켜주는 파수꾼의 역할을 자랑스러워하지 않았을까. 연잎은 연을 위해 쏟은 정성을 기쁨으로 되새기며 숨이 막히던 그 염천을 그리면서 긴 침묵에 잠겼다. 가시마저 감쌌던 잎의 넓은 마음을 헤아려 본다.

조금 있으면 철새들의 화려한 군무와 함께 그들의 교대식이 거행될 것이다. 시베리아 같은 추운 지방에서 혹독한 추위를 피해 노랑부리새, 큰고니, 댕기물떼새가 슬슬 이곳에 도착하여 몸을 추스르고 겨울을 날 차비를 할 것이다. 반면에 여름 동안 사랑하고 번식하며 주인 노릇을 하던 해오라기, 중대백로, 물총새, 쇠물닭 같은 새들은 남쪽 리우로 이동해 삶을 계속하리라. 늪은 올해도 가고 오는 그들을 묵묵히 지켜 줄 것이다.

가을을 앓는 것일까. 여위어 가는 수면 위에 한 무리의 청머리오리들이 햇살을 마주하고 모여 해바라기를 하고 있다. 오리들의 꽥꽥거리는 소리에, 아파트 꼭대기 층에서 귀뚜라미 소리도 못 듣는 내 귀가 호사를 한다. 광택이 나는 녹색 머리를 물속에 담그고 물을 마시거나 먹이를 먹는 청둥오리의 모습이 정겹다. 시린 그들의 분홍색 두 발을 늪의 물은 부드럽게 만져준다. 이곳은 일 억여 만 년 전에 형성된 우리나라 최대의 자연 늪이다. 그때 육지에는 거대한 몸집의 육식 공룡이 두 발로 '쿵쿵' 걸어다녔고, 바다에는 그보다 더 큰 바다공룡이 체구에 어울리지 않게 빠른 속도로 헤엄치며 놀았다고 한다. 겨우 삼백만 년 전쯤 인류 최초의 여인이 들판에 나타났다. 작고 꾸부정하며 보잘것없는 여자였을 것이다. 그녀는, 『이상한 나라의 엘리스』를 연상시키는 몽환적인 노래, 〈다이아몬드와 함께 하늘에 있는 루시〉를 좋아하던 고고학자들에게 발견되어 '루시'로 불러졌다.

지구 가이아에겐 그녀와 살고 있는 수많은 생명체 중, 그 루시로부터 칠십 오 억이라는 엄청난 숫자로 불어난 인간이 마뜩찮은 존재일지도 모른다. 날이 갈수록 영악해지고 도무지 어울려 살 줄 모르는 고약한 개체로 인식될 수도 있으리라. 그녀는, 아직도 낯이 설고 그들의 관점에서만 사고하고 행동하는 털 없는 원숭이가 온갖 생령을 키우는 낯익은 우포늪보다 어여쁠 리 없을 것이다. 때로는, 사람을 공해나 일으키는 귀찮은 진드기같이 생각할 수도 있어 그들을 털어내 버리고 싶어서 지진이나 해일 같은 엄청난 자연재해를 일으키기도 하는 듯이 보인다. 뿐만 아니라, 외계의 누군가 혹은 무엇인가에게는 인간이 나비나 바퀴벌레 또는 강아지나 송충이같이 귀엽거나 정반대로 혐오스러운 것일 수도 있겠다.

하지만 어머니에게 자식은 언제나 애틋하지 않은가. 나 역시 하나뿐인 내 아이가 어렸을 때나 다 자란 지금이나 제 일을 못할 때는 물론 썩 잘 해낼 때조차도 얼마나 힘들었을까 하는 마음에 안쓰럽기만 하다. 지구 또한 모든 것의 어미이기에 허영심 많고 배려할 줄 모르는 사람이란 종種도 가여운 새끼로 여겨 보듬어 주는 것이 아닐까. 엄마가 됨은 살아있는 모든 것에 대해 측은한 마음을 갖는 일이라 하던가. 내 딸이나 남의 아들, 보도블록 틈을 비집고 나온 풀포기 하나조차도 살아내려고 애쓰는 모습이 새삼 참 장해 보인다.

생각해 보면 남의 자식에겐 눈길조차 변변히 보낸 일이 드문 듯하다. 뭇 목숨들이 향연을 벌이는 봄에 그곳에 다시 서서 다른 사람의 자식까지 품는 너른 어미의 마음을 배워오고 싶다.

# 폭우

    연일 가마솥더위가 계속된다. 일 년 내내 단벌 모피코트를 벗지 못하는 우리 집 냥이 녀석이 소파 위에 널브러져 있다. 얼마나 더울까. 시원하게 해 줄 요량으로, 발바닥에 물만 묻어도 신경질을 내는 녀석을 남편이 안고 목욕탕으로 데려왔다.

    샤워기의 찬 물이 몸에 뿌려지자 아파트가 떠나가라 울부짖는다. 귀를 막고 싶어도 손이 모자라 참고 억지로 다 씻겼다. 거실에 미리 준비해 둔 커다란 수건 위에 내려놓자 닦는 것도 마다하고 물을 뚝뚝 흘리며 베란다의 제 소파 뒤 좁은 공간으로 도망쳐 숨어버린다. 하루에도 몇 번씩 쫄랑쫄랑 거실로 들어와 쓰다듬어 달라던 녀석이 우리를 알은 체도 하지 않는다.

    여름 내내 얼굴 한 번 안 보여주면 어쩌나 걱정한 지 사흘째, 환하던 바깥이 갑자기 컴컴해지고 천둥소리 요란하더니 이내 폭우가 몰아친다. 녀석이 거실로 슬금슬금 들어오더니 텔레비전을 보는 남편 옆에 기대앉는다. 저도 무서웠나 보다. 뉴스도 스포츠도 안 보는 녀석은 연신 하품을 하더니 그의 곁에서 네 다리 쭉 뻗고 고롱고롱 소리를 내며 잠이 들었다. 하늘이 말개지자 그제야 꼬리를 흔들며 제 자리로 돌아갔다. 간만에 속까지 시원해지는 오후다.

# 버스 정류장은 어디에

나리타공항에서 일행을 놓쳤다. 가방을 찾아 1층 로비로 올라가니 함께 온 사람들이 보이지 않는다. 남편이 화장실에 간 사이에 컨베이어에 실려 나오는 트렁크 두 개를 혼자 찾느라 가이드의 말을 흘려들은 것이 불찰이었다. 휴대폰도 로밍이 되지 않는 것이라 난감하기만 하다. 일본이, 김해공항에서 1시간 30분 남짓 날아오면 되는 거리이나 외국임이 분명했다. 들리는 소리도, 보이는 글자도, 심지어 상당히 닮았으리라 생각했던 얼굴까지도 낯설기만 하다. 나는 어쩔 줄 모르는 작은 아이가 되어 남편만 바라본다.

10분쯤 기다렸는데 1시간도 더 지난 것 같다. 남편은, 오늘 여행은 포기하고 예약된 숙소로 먼저 가서 기다리자고 한다. 둘 다 일어를 모른다. 남편이, 안내 데스크에서 자신이 유일하게 알고 있는 외국어인 영어로 예정되어 있는 호텔 위치를 물어보던 중 안내자가 우리를 발견했다. 그녀는 안심한 표정으로 밝게 웃었지만 기다린 동행들의 표정에는 짜증이 묻어 있었다. 잘못하면 국제미아가 될 뻔했던 우리를 걱정하는 얼굴이 아니었다. 그들에겐 이 공항이 매우 익숙한 곳인가 보다.

나는 겁먹은 표정으로 남편만 쳐다보았다. 그는 자신만 보고 있는 나 때문에 걱정스런 내색조차 하지 못했다. 오히려 괜찮다며 나를 안심시켜야 했다.

여행 이틀째, 모리노유 온천에 갔다. 가이드는, 거기는 매우 복잡하니 자신의 설명을 잘 들으라며 그곳의 내부 지도를 나눠주었다. 지도를 열심히 보면서 그녀의 말을 귀담아 들어도 어디가 어디인지 알 수가 없다. 심한 길치인 내겐 그곳이 크레타 섬, 미노스왕의 궁전에 있었다고 전해지는 미궁보다 더 얽혀있는 것 같았다. 게다가 몸을 씻어내지도 않고 바로 입욕한다는 일본인들의 습관도 온천욕을 탐탁찮게 했지만, 남편은 일본 문화의 한 단면을 경험해 보는 것이라 여기라며 권한다.

함께 여행하는 사람 중 누구라도 눈에 띄면 아리아드네의 실타래로 삼아 따라 나와야겠다고 생각하며 욕실에 들어가자마자 바로 밖으로 나와 기다리고 있었다. 뜻밖에도 맞은편에서 남편이 나온다. 구세주를 만난 듯 했으나 우리는 출구를 쉽게 찾지 못했다. 헤매다 겨우 에스컬레이터를 타고 넓은 온천장을 빠져나오니 들어

갈 때 보았던 것과는 전혀 다른 풍경이 펼쳐져 있었다. 도로에서 오르내리기를 반복하다 남편이 눈에 띄는 한 일본인에게 "Do you know where a bus stop?" 하고 물었다. 그가 손짓으로 알려준 곳에는 시내버스가 일렬로 서 있었다. 나중에 일행을 만나 관광버스를 타고서야 그 질문이 얼마나 어이없는 것인지를 깨달을 만큼 남편과 나는 당황했었다.

인간은 태생에서부터 의존적인 존재이나 성장하면서 심리적으로 독립하고 경제적으로 혼자 서게 된다. 하지만 나는 아직까지 정서적인 의존심을 버리지 못하고 있다. 살아가면서 부딪히게 마련인 힘든 일과 고통스러운 일은 남편에게 다 미루면서 살고 있다.

학창 시절, 아버지는 형제들이 고등학교를 졸업할 때까지 새 학기엔 달력의 흰 면으로 교과서 표지를 하고 앞쪽엔 크게 교과 명을, 뒤쪽엔 작게 이름을 써 주셨다. 일요일 저녁이면 늘 손수 연필을 깎아 필통에 가지런히 정리해 주셨다. 어머니는 대학 졸업 때까지 지독한 늦잠꾸러기인 나를 매일 아침 깨워서 등교 시키셨다. 지독히 손재주가 없고 아직도 늦잠 자는 버릇을 버리지 못한 나는, 부모님께 기댔듯 새삼 남편에게 그렇게 의지하고 있다. 그만 따라다니게 된 무기력한 자신이 한심했다.

남지라는 경남의 작은 읍에 문상을 갈 일이 생겼다. 얼굴도 본 적 없는, 나의 돌아가신 친척 어른을 위해 정류장을 알아보고 차표를 구입하는 일은 당연히 남편의 몫이었다. 처음 가는 곳이나 그가

알아서 할 것이라는 안일한 생각으로 따라나섰다. 불과 얼마 전, 어른이 되지 못한 자신을 딱하게 여겼던 일은 까맣게 잊고서.

버스를 타면서 이제부터라도 스스로 해봐야겠단 생각이 들었다. 차에는 대구에서 부산으로 간다는 작은 표지가 붙어 있었다. 창녕을 경유해 남지를 지나 부산에 도착한다고 했다. 창녕에서 10분간 휴식한다기에 남편과 내렸다. 내리면서 보니 표찰은 어느새 남지에서 부산으로 간다고 바뀌어 있었다. 쉬고 난 후 버스를 타려던 남편은 의아해하면서 우리가 타고 온 차가 맞느냐며 계속 물었다. 나는 자신 있게 확인해 주었다. 남지에 내려 대구로 오는 차 시간도 메모했다.

남편은 막내이다. 부모와 형들에게 지나칠 만큼 귀여움만 받고 살아 철이 없었다. 내가 세상에서 가장 아프다는 산고 끝에 맏이이자 막내인 아이를 낳고 병원에 누워 있을 때 심심하리라 여겨 두꺼운 여성잡지를 사 왔을 정도였다. 친정어머니가 출산 직후에 무거운 걸 들면 안 된다고 책을 보고 질색하신 것도 모르고.

그는 막내이면서 부모님을 모시고 산 효자였다. 그분들 생전엔 아내의 정서적인 의존심 따윈 헤아리려 들려 하지 않았고, 나는 마음이 힘들 때마다 지척에 있는 친정으로 달려갔었다. 두 분이 다 돌아가시고 나니 그제야 나의 사리분별 없음이 눈에 들어왔는지 그때부터 내게는 어른 역할을 자처하기 시작했다. 그동안 입으론 자아실현을 외치면서도 늘 아이처럼 살아 온 것 같다. 참 늦게, 귀가 순해질 즈음에서야 어른이 되려고 한다.

개구리, 꽃들 다 깨워 놓고도 망설이며 더디게 오는 봄을 마중하려고 남편과 함께 동성로로 나간다. 성큼성큼 걷는 그와 보폭이 작은 내가 나란히 걸으려니 발걸음이 바빠진다.

# 삼대 캥거루

　늙은 부모가 장성한 자식과 손자를 품에 안고 살아간다. 빈부에 상관없이 다 큰 자식의 생활비뿐만 아니라 손자의 교육비까지 감당하려 든다. 이런 상황을 두고 이른바 '삼대 캥거루 현상'이라 부른다.

　캥거루는 배에 달린 작은 주머니에 새끼를 넣어 일 년간 양육한다. 갓 태어난 새끼는 고작 어른의 엄지손가락 한 마디 크기에 불과하다. 몸무게는 탁구공 정도이다. 어쩔 수 없이 뱃속의 주머니에서 보호하여 키울 수밖에 없다. 그래도 그런 보살핌은 한 해로 끝내고 새끼들을 독립시킨다. 그런데 사람은 거의 삼 년이라는 세월 동안이나 자식을 포대기에 싸서 안아 키우며, 취직을 하고 결혼을 하기까지 돌본다. 그것도 모자라서 아들과 딸까지 낳아 살고 있는 자식을 계속 돕는다. 부모의 도움을 받지 않고 당당하게 자신의 힘으로 삶을 꾸려가는 대다수 이 땅의 젊은이들을 절망스럽게 하고 화나게 만드는 일이 아닌가 싶다.

타지에서 직장에 다니는 딸이 석 달 만에 집에 왔다. 엄마가 해주는 밥이 최고라고 추켜세우는 딸아이의 말에 세 끼 꼬박 더운 식사 준비를 하면서도 즐겁다. 제 엄마의 음식 솜씨가 누구에게 칭찬 받을 것이 못 되는 건 아이도 알 터이다. 바른 말만 하던 강직한 아이가 사회인이 되더니 듣기 좋은 말로 슬쩍 비위를 맞추려 드는 듯하다.

아이는 고등학생 시절 내게 피천득의 「은전 한 닢」을 읽어 보라고 권했었다. 한 늙은 거지가 육 개월 동안 동냥한 부스러기 돈을 모아 바꾸고 또 바꾸어 일원짜리 은전 한 닢을 만들었다. 그는, 요샛돈으로 십만 원쯤 되는 그것으로 무엇을 사거나 맛있는 것을 먹거나 하지 않는다. 다만 그저 그 한 닢이 갖고 싶었을 뿐이라며 모셔둔다. 나는 그 걸인의 행동이 무가치하게만 느껴졌으나 딸은 그에게서 목적 없는 무목적성의 순수를 보았다고 했었다. 그 즈음 자식의 높아 보이는 정신세계가 기뻤다.

'해리포터'라는 마법세계의 멋진 주인공을 그려내 십여 년 동안이나 우리를 설레게 만든 작가에게는 아이와 완벽하게 같은 목소리를 내며 찬사를 보냈다. 그러다 혼란한 정국에 대해서는 여, 야의 대표같이 첨예한 입장 차를 보이며 서로가 옳다고 전혀 다른 목소리로 비판을 해댔다. 이런저런 얘기 끝에 딸아이는 우리나라 여성의 평균 수명은 팔십 세이니 엄마는 그 때까지 무조건 살아야 한다고 했고, 나는 까짓것 그러겠노라 큰소리를 쳤다.

연금을 받으니 지금은 경제적으로 문제가 없지만 앞으로 사회가 변해 혹시 어려운 시기가 오면 '역모기지론'을 이용하겠다 했다. 그 말은 무남독녀인 딸이 우리 부부의 노후에 대해 전혀 부담을 가지지 않게 할 것이라는 의미였다. 아이는 안경 너머로 그 큰 눈을 더 크게 뜨고 이 집은 자신에게 줄 생각 아니었냐며 도리어 섭섭해 한다. 반듯한 생각을 가졌다 믿은 아이였는데 그동안의 회사생활이 많이 힘들었나 보다. 서울도 아닌 지방의 작은 아파트에 연연해하며 자존감을 잃다니……. 어쩌면 집은 아이에게 남겨 주는 게 옳은 일이 아닐까 싶어졌다.

옛날, 그리스의 한 사내는 젊은 나이에 죽을 운명이었다. 그러나 죽음을 대신할 사람이 있으면 살 수 있다는 운명의 여신 말을 듣게 된다. 아무도 그를 위해 카론의 배에 오르려 하지 않자, 연로한 부모는 당연히 그의 대리인으로 하데스를 만나주리라 생각하며 부탁한다. 그의 아버지와 어머니는 늙은이에게도 오뉴월의 햇살은 싱그러운 법이라며 거절한다. 자식들이란, 동서고금을 막론하고 부모는 그들을 위해서라면 생명까지 내 줄 것이라 믿는 모양이다. 하지만 서양의 어버이들 생각은 우리네와는 상당한 차이가 있는 것 같다. 이 옛 이야기가 우리나라에서 전해오던 것이었다면 그 사내의 늙은 부모는 자식을 위해 자신의 목숨을 기꺼이 내어 놓았다 알려지지 않았으랴 싶다.

일주일 내내 아이의 안부를 궁금해 하다 금요일 저녁이면 간섭으로 여길까봐 주저하던 전화를 기어이 하고 만다. 한번은, 그 날 저녁부터 일요일 밤까지 수십 차례 통화를 시도해 보아도 전원이 꺼져있단 말만 들린다. 딸아이를 알 만한 사람은 물론, 입사 후 단한 차례도 연락하지 않았던 회사에까지 전화를 해 보았다. 금요일 저녁에 퇴근했다는 것만 알 뿐 그 후의 상황은 전혀 알지 못한다. 대체 어떻게 된 걸까. 하느님께, 아이에게 닥칠지도 모를 모든 끔찍한 악운을 제발 대신하게 해 주십사 빌고 또 빌었다. 월요일 아침에서야 동료들과 리프팅을 하던 중에 휴대폰을 강에 빠뜨렸다는 딸아이의 겸연쩍은 목소리를 들었다. 살 것 같았다. 신께 감사했다. 그제야 며칠간 거의 굶은 내 배가 계속 꼬르륵 거리고 있는 걸 알았다. 말로는 괜찮다, 별일 없을 거다 하면서도 그동안 하얗게 질려 있던 남편의 얼굴도 본래의 빛깔을 찾았다.

아이가 주머니 속의 캥거루가 아니길 바랐다. 아무것에도 매이지 않고 자신이 정성껏 만든 크고 튼튼한 날개로 마음껏 세상을 날아다니기를 원했다. 고집 세고 자발적인 아이였다. 그런 딸을 늘 남의 집 여린 아들보다 강하다 여겨 왔다. 캥거루 부모는 약한 자식에게만 해당사항이 있으려니 했었다.

하지만 아이가 결혼을 해서 밤새 보채는 아기 돌보느라 퀭한 얼굴로 출근하거나, 밥 먹을 시간조차도 없거나, 매무새를 다듬지 못하고 다닌다면 나는 자발적으로 캥거루 조모가 되고 싶어 할지도 모른다. 경제적으로나 심리적으로나 도움을 주고 싶어 안달하며 자식에게서 영원히 벗어나지 않으려는 한심한 내 미래가 보이는 듯도 하다.

결혼을 하고 시부모님이나 남편과의 사이가 조금만 힘들어도 시댁에서 십 분 거리에 있는 친정으로 달려가 징징댔다. 그 때의 내 모습과 마주하면 나 역시 아버지와 어머니에게 정신적으로 기대려고만 했던 몸만 자란 새끼 캥거루였던 걸 부인할 수 없다. 캥거루가 캥거루를 낳고, 그 캥거루가 다시 캥거루를 낳고……. 캥거루 하나를 또 탄생시켜 이 땅의 많은 건강한 젊은이들에게 미안해할 미련한 짓은 하지 않아야 할 것이건만, 영 자신이 없다.

3
—

# 새들은
# 페루로 가서 죽다

우산 하나를 잃어버리고는 무척 연연해했다. 예행연습도 없는 단 한 번뿐인
삶에서 우리는 실수하고 후회하고 남에게 상처를 주고 상처를 입는다. 그리
고 늘 너무 늦게 깨닫는다. 인생에서 정말 소중한, 잘 웃고 솔직하며 타인을
배려할 줄 아는 본래의 모습은 어느 길모퉁이에 버려둔 채 세찬 비를 맞히고
있는 건 아닐지……

−「우산」중에서

# 운이 좋은 사람

'수포대포, 영포직포, 독포인포'를 아세요?

수학을 포기하면 대학을, 영어를 포기하면 직장을, 독서를 포기하면 인생을 포기해야 한다는 뜻입니다.

저는 운이 좋은 사람 같네요. 수학과는 상극이었으나 대학엘 갔죠. 영어와도 담쌓고 지냈으면서 초등학교 선생을 스무여 해나 했으니까요. 아마 경쟁이 극심한 요즘 같으면 꿈도 못 꿀 일이었을 겁니다.

하지만 제가 정말 운이 좋은 사람이라고 생각하는 건, 책읽기를 즐긴다는 것입니다. 읽고 싶은 책은 꼭 집으로 데려와 곁에 둡니다. 줄도 긋지 않고 귀퉁이를 접거나 하지도 않고 아주 곱게 다루지요.

구두나 모자를 사는 것보단 책 들이는 걸 더 좋아합니다. 몇 년째 입지 않는 옷이나 사용 않는 신발, 모자는 과감히 폐기처분하지만, 책은 읽지 않아도 버리지 못합니다. 저뿐만 아니라 남편과 딸아이도 역시 책을 어디 던져버리지 못하고 소중히 모셔둡니다. 그러면서 가족들 모두 빈손으로 외출했다가도 돌아올 땐 꼭 책과 같이 옵니다. 우리 집엔 여느 집보다는 책이 조금 더 많을 것 같습니다.

함께 글공부를 하는 문우가 최근에 무슨 책을 읽고 있느냐고 묻더군요. 그 때 전, 최근에 영화화된 『나의 라임 오렌지 나무』의, 사랑 없는 삶이 얼마나 피폐한지를 가르치는 말썽쟁이 꼬마 제제를 만나고 있었습니다. 조금도 변하지 않은 녀석과의 해후가 참 반가웠답니다.

얼마 전, 서점에 들러 인류의 역사라 봐도 무방할 것 같은, 미술의 역사가 빼곡히 박힌 『난생 처음 한 번 공부하는 미술이야기』와 함께 집에 왔습니다. 요즘 그를 하나하나 꼼꼼하게 살펴보는 재미가 꽤 쏠쏠합니다. 한데, 거기 누워 통통한 몸집을 자랑하던 『사피엔스』가 들썽들썽, 계속 눈에 밟히네요. 일간 다시 발걸음 해야 할 성싶습니다.


한살이를 끝내는 날까지 부지런히 읽고 싶습니다.
'독포인포'라지 않습니까!

# 2001년 우주의 오디세이

어느 날 지구인이 혼자 우주여행을 떠났다가 외계행성에서 그만 길을 잃었다. 친절한 그곳의 거주민이 돌아갈 방법을 알려주려 물었다.

외계인: 어디서 오셨어요?

지구인: 지구요.

외계인: 지구가 어디에 있죠?

지구인: …….

인터넷을 돌아다니다 시선을 뺏긴 글이다. 순간 피식 웃음이 새어나왔지만 이내 지구의 우주 주소가 궁금해졌다. 관측 가능한 우

주/처녀자리 초은하단/국부 은하단/우리은하/오리온자리 나선팔/
태양계/지구/라는 위치가 뜬다. 지금도 팽창 중인 우주에는 무한대
의 은하가 존재하고, 그중 아주 작은 일부 집단에 속하는 우리은하
의 은하수를 가로지르는 데 10만 광년이 걸리며, 약 2천억 개의 별
들이 모여 있다는 설명도 뒤따른다. 미국의 천문학자 칼 세이건이,
무인탐사선 보이저 1호가 목성 상공에서 전송한 사진을 보고 외친
"지구는 거대한 우주의 창백한 푸른 한 점에 지니지 않는다."라는
말이 실감이 난다. 보이저의 외계인 찾기 계획에 참가한 그는 "이
광활한 우주에 우리만 존재한다면 엄청난 공간 낭비다."라며 죽는
날까지 외계 지적 생명체의 흔적을 찾아 헤맸다. 인류는 수많은 별
중 어딘가에 인간과 비슷하거나 뛰어난 문명을 지닌 생명체가 있을
거라 생각하고 그들을 만나는 상상을 해 왔었다.

거대한 심연을 마주한다. 태초의 우주공간이 이러했을까. 켜켜
로 쌓인 어둠은 미동도 않은 채 정적만 흐른다. 이윽고 리하르트
스트라우스의 〈차라투스트라는 이렇게 말했다〉의 팀파니 소리에
끌려 해가 뜬다. 진다. 그리고 지구가 그 모습을 드러낸다. 거장 스
탠리 큐브릭이 그린 우주여행의 대서사시 〈2001: 스페이스 오디세
이〉의 첫 장면이다.

일출과 일몰이 여러 차례 반복되다 고릴라와 흡사한 한 무리의
원시인류가 등장한다. 풀을 뜯어 먹고 그들의 먹이를 탐하는 순한
짐승에겐 흰 이를 드러내고 으르렁거리며 쫓지만 날쌘 맹수에겐 잡

아먹히고 만다. 대화는 물론 자막도 없이 그들의 이런 일상이 지루하게 되풀이 된다. 도대체 짐승과 다를 바 없는 이들은 언제쯤 인간이 될까. '아다지오'를 주문처럼 외는 감독에게 '알레그로'를 수없이 외칠 때 그들 앞에 현재 내 책상 옆에 놓여있는 컴퓨터 본체의 몸피와 키를 부쩍 키운 듯 하는 직육면체의 매끈한 돌기둥 '모노리스'가 나타난다. 영화는 인류가 지구의 위성인 달에 첫발을 디디기도 전인 1968년에 첫선을 보였고, 그 무렵 사용된 컴퓨터는 여성 앉은키 크기의 투박한 타자기 형태였었건만 말이다. 사백만 년 전 털북숭이 원인 무리 앞에 등장한 완벽한 기하학적 형태의 인공구조물, 감독은 어쩌자고 이런 부조화를 연출하는 걸까?

원시인류들은 기지개를 켜듯 '웅─ 웅─' 소리를 내는 돌기둥을 만지게 된다. 그 일이 있은 후 그들은 커다란 뼈다귀로 동물을 사냥하고 개울 건너편 타 부족과는 전쟁까지 벌인다. 원시인들은 인간 문명의 새벽을 연 프로메테우스의 불에 버금가는 도구를 사용하게 되고 '호모하빌리스'로 거듭난다. 어느 날, 한 원시인 부족장이 뼈다귀를 허공에 던지고, 그것은 우아하게 항해하는 우주선으로 변한다. 여태껏 한없이 느린 전개를 보상받으며 수백만 년을 한꺼번에 뛰어넘어 우주시대로 접어드는 경이를 맛본다.

서기 2001년, 목성으로 빛을 쏘는 모노리스의 신호 추적과 그것을 만든 외계 지성체를 발견하기 위해 선장 데이브와 승무원들, 우주선의 항해와 제어를 맡은, 정확하고 빈틈없는 슈퍼컴퓨터 할

9000이 긴 해항을 시작한다. 할은 승무원과 체스를 두면서 제가 늘 이기는 것에 몹시 미안해하며 겸손한 정서를 표현하는가 하면, 미디어와의 인터뷰에서는 자신의 완벽성에 대해 강한 자부심을 드러낸다. 처음엔 작은 오류를 숨기려고 거짓말을 하던 할이 반란을 일으키고, 결국 데이브를 제외한 모든 승무원을 죽이고 만다. 두렵다, 의식이 멀어진다, 나는 느낄 수 있다며 소름이 끼칠 정도로 인간적인 면모를 보이는 할의 인공지능을 제거한 데이브는 혼자 목성으로의 항행을 계속한다.

큐브릭이 할이라는 슈퍼컴퓨터를 탐사선에 탑승시킨 이유는 뭘까. 영화가 제작된 수십 년 뒤 인간은 현실에서 체스인간챔피언을 무릎 꿇린 인공지능 딥블루를 만났다. 현재 우리는 직관과 영감을 가진 인간이 절대 우위의 영역이라 여겨졌던 바둑에서 입신의 경지에 이르렀다는 이세돌 프로기사를 비롯한 한중일 초일류 고수들을 길을 잃고 헤매게 하는 알파고와 암환자들에게 인간 의사보다 더 신뢰받는 닥터 왓슨과 동거 중이다. 감독은, 오늘날 인류와 공존하는 그들을 미리 보기라도 했던 것일까. 혹여 그들이 온갖 재앙이 튀어나온 판도라의 상자가 될까 염려했던 때문은 아닐까.

데이브는 목성궤도에 떠다니는 거대한 모노리스를 발견하고 접근하지만, 여러 층의 빛을 통과하여 목성 어느 곳의 침실에 누워 늙어버린 채 죽어가고 있다. 그리고 자신의 눈앞에 서 있는 모노리스를 응시한다. 그 순간 그는 태아가 된 자신을 바라본다. 누군가는 그 장면이 니체가 『차라투스트라는 이렇게 말했다』에서 밝혀 말하던 시공간을 초월하는 존재, 위버 맨 쉬의 철학을 담고 있다고 한다. 별 과학적 지식 없이도 용하게 이 SF영화 속을 이리저리 왔다 갔다 하던 나였지만, 단 한 번도 똑바로 마주한 적 없는 그의 사상 앞에서는 연전 미로 공원에서처럼 그만 막다른 골목에 갇혀 버린다.

데이브는 두 눈을 크게 뜨고 태양계에서 가장 큰 행성인 목성에서 고향 지구로 귀환한다. 전장 트로이에서 긴긴 항해 끝에 뱃사람 모두를 잃고 마침내 홀로 자신의 왕국 이타케로 돌아가는 오디세이처럼. 이어 영화는 도입부에서와 같이 〈차라투스트라는 이렇게 말했다〉가 연주되며 막을 내린다.

처음엔 사백만 년 전의 원시인이 최첨단 컴퓨터 모노리스를 맞닥뜨린 장면은 지독한 아이러니 같았다. 그러나 영화가 진행될수록 지구보다 수백, 수천만 년 앞선 문명을 가진 외계의 지적 생명체가 존재하고 그들이 모노리스를 원시 지구인 앞에 가져다 놓았다는 전개가 나름대로 꽤 조리 있는 얼개인 듯 여겨진다. 그들이라면 목성궤도에 모노리스를 떠다니게 하는 일쯤이야 싶기도 하다.

공상 과학적 소재와 특수효과를 이용한 이 영화에 지나치게 빠져든 탓일까. 어느덧 초고도로 발달한 문명을 이룬 외계인이 실재하며, 그들이 고대로부터 현재에 이르기까지 우리 사회의 여러 기술적, 물질적 측면의 발달을 전수해 주고 있다고 믿는다.

지금, 칼 세이건은 루비와 사파이어가 비처럼 내리는 어느 외계 행성에서 생전에 그토록 찾아 헤맸던 외계인들에게 둘러싸여 이런 대화를 나누고 있지 않을까.

외계인 : 어디서 오셨어요?

칼 세이건 : 지구요.

외계인 : 지구가 어디에 있죠?

칼 세이건 : 관측 가능한 우주/처녀자리 초은하단/……/지구

# 새들은 페루로 가서 죽다*

봄 햇살이 따가운 일요일 오후, 집 뒷산에 가자는 남편을 따라나 선다. 입구에 발을 들여놓으니 이곳의 터줏대감들인 까치 소리가 요 란하다. 공원 같다며 사람들은 몇 차례씩 쉬지 않고 계속 오르내리 나, 평소 운동과 살갑게 지내지 않는 우리만 중간도 채 못 가 의자 신세를 지고 만다. 바로 앞에서 까치 한 마리가 새까만 꽁지를 길게 빼고 가느다란 목을 앞뒤로 까딱거리며 생각에 잠겨 걷고 있다.

"십 년 가까이 여기 와도 죽은 새는 한 번도 본 적이 없어. 그들 은 다 어디서 죽는 걸까."

느닷없이 남편이 중얼거리며 내 얼굴을 쳐다본다. 산에 오는 일

---

* 수필 제목은 작가 로맹가리를 향한 오마주로 그의 단편 『새들은 페루로 가서 죽다』를 인용하였다.

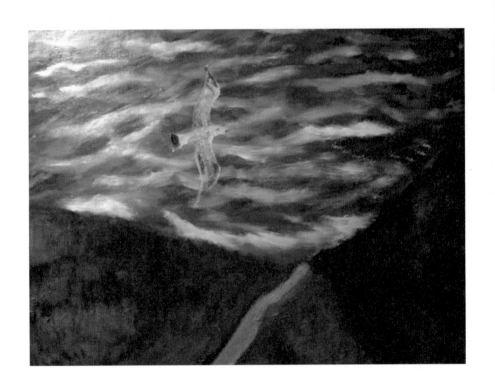

이야 손가락으로 꼽을 정도지만 이 아래에서 둥지 틀고 지낸 지는 그쯤 되었고, 나 역시 새의 주검을 발견한 적이 한 번도 없다. 오래 전에 읽었던 로맹가리의 단편 『새들은 페루로 가서 죽다』를 떠올리고는 "페루 해변"이라며 짧게 대답한다. 그는 소설 속 납빛 얼굴의 오십대 남자와 똑같이, "코끼리들의 무덤에 대한 이야기는 들은 적이 있지만 새들의 무덤이라니……." 하며 어이없다는 표정을 짓는다.

소설에서, 새들은 죽기 위해 먼 길을 날아와 세계의 끝에 있는 페루의 외딴 바닷가 모래 위로 떨어진다. 작가는, 주인공 레니에의 입을 통해 "새들은 진짜 비상을 위해 이곳으로 와서 자신들의 몸뚱이를 던져 버린다. 새들에게는 이곳이 믿는 이들이 영혼을 반환하러 간다는 인도의 성지 바라나시 같은 곳일 수도 있다."라고 말한다.

그곳에 서면 갠지스 강가에서 시체를 태우는 사람, 그 옆에서 양치하는 사람, 빨래하는 사람, 목욕하는 사람, 두 손 모으고 기도하는 사람들을 볼 수 있다고 한다. 자현 스님은 그 강이 천국을 흐르는 강이라 하늘의 속성을 내포하고 있어 육체 정화는 물론 영혼까지 정화시켜 준다고 알기 쉽게 풀어내어 밝혀준다. 그곳에 서면 삶과 죽음이 사이좋게 어깨동무하는 모습도 볼 수 있을 성싶다. 어쩌면 생사가 야누스의 얼굴처럼 본디 하나일지도 모르겠다.

레니에는 사람이 거의 오지 않는 세상의 끝 페루에서 카페를 운영한다. 그는 여느 날처럼 해변의 모래언덕으로 와서 숨을 거두는 새들을 보고 있었다. 그는 그 새들 사이에서 죽으려던, 인간의 손으로도, 신의 손으로도 덧붙일 것이 없는 순수한 얼굴을 한 스물한둘 가량의 여자를 구해내고 한순간 그녀와 사랑하며 함께하리라 바랐었다. 하지만 여자는 자신을 찾아온 잿빛 얼굴의 무기력한 남편을 따라, 팔려가는 송아지처럼 절망스러운 눈을 한 채 떠나버린다. 황혼의 순간 문득 다가와 모든 걸 환하게 밝혀줄 그런 행복에의 바람을 잃은 그는 카페에서 저무는 해처럼 스러진다.

모든 생명체는 뭇 목숨 가진 것들의 날 때부터 타고난, 정해진 운명에 따라 태어나는 순간, 곧 예약된 죽음을 향해 한 걸음 한 걸음 다가서질 않는가. 우리 역시 태어나 어린 여자아이, 남자아이였다 이내 딸, 아들들의 어미, 아비가 되고 문득 아직 사람을 사랑하는 법도 배우지 못한 채 생의 저녁을 맞는다. 우리네 삶에 슬몃슬몃 어둠이 내릴 즈음엔 우리를 붙들어 매고 있던 희망의 끈도 하나, 둘 시나브로 없어지다가 종내 전부 사라질 것이다. 어쩌면 바로 그 찰나 클로토 세 자매는 앉아 도란도란 얘기하며 우리 운명의 실을 풀어 이렇게 저렇게 베를 짰다가 커다란 가위를 들어 마음대로 잘라 버리지 않을까. 만물의 영장이라 큰소리치지만 인간들 가운데 그 누가 운명을 주관하는 이 여신들의 뜻을 거스를 수 있으랴.

돌 벽만 우두커니 서 있는 페루의 고대도시 마추픽추에 꼭 한번 가보리라 했었다. 안데스 아래를 내려다보면서 커다란 날개를 펄럭이며 날아가는 콘도르를 보고 싶었다. 거기 사람들은 그들이 숭배하던 영웅이 죽으면 콘도르로 부활한다고 믿는다. 언감생심,

그같이 크고 멋진 새로의 환생을 꿈꿔 본 적은 없다. 수고로이 집 짓고 사는 까치나 남의 둥지에 알 낳고 훗날 다 자란 제 새끼 찾아가 훌쩍훌쩍 울어대는 뻐꾸기가 되길 원한 적도 없다. 지은 업보로 윤회의 굴레를 벗을 순 없을 터, 다만 어느 시인이 노래한 것같이 때가 되면 그처럼 나도 한 개 바위가 되었으면 좋겠다. 이왕이면 새들의 진짜 비상을 지켜 봐 주는 페루 해변의 바위 말이다.

분홍빛 고운 노을이 진다. 육신을 버린 내 몸의 종착지가 이제 새로운 동경의 대상이 된 이 천지의 끝 페루 해변이라면, 정들었던 둥지를 훨훨 떠날 수 있을 듯하다. 뛸 듯이 기뻤던 날도, 주저앉아 괴로워했던 날도, 내 인생이라는 무대의 주인공이면서도 내 겨드랑이에 꼭꼭 숨겨 놓은 날개를 활짝 펴고 날아 보지 못해 아쉬웠던 날도 다 버리고 홀가분하게.

짧은 봄날, 죽음의 신 타나토스가 긴 날개를 펄럭이며 나를 부를 때, 함께 돌아가야 할 영원한 거처에 골몰해 있는 내게 남편이 이제 그만 집에 가자고 일깨우듯 말한다. 산을 내려오는 동안에도 까치들은 쉬지 않고 깍깍댄다. 저들도 자신들의 몸뚱이 벗어던질 곳을 서로 묻느라 저리 연신 수런거리고 있는 걸까.

# 바보

연둣빛 잎새들이 앙증맞은 얼굴로 재잘재잘 거리는 봄의 입새이다. 한데, 성미 급한 목련은 누런 삼베 수의를 지어 제 몸에 입히고 세상에 별리를 고한다. 상제도 없이 요절한 가인을 조문하는 이는 나뿐, 이웃들은 그저 바삐 스쳐 지나간다. 야무진 낯을 한 그들은 그녀가 순백의 우아한 자태를 뽐낼 땐 영겁의 세월 동안 시선을 붙박아둘 태세더니, 이제 묵은 한지 조각 같은 몰골로 무너져 눕자 찰나의 눈길조차 거둬버린다. 서늘해지는 가슴을 달래며 오래 전 뜨겁던 여름날 조우했었던 한 사람을 더듬어 본다.

"제가 여러분께 애국가를 사 절까지 들려 드리겠습니다. 일 절 시작!"

키가 작고 통통한 한 사내가 걸음이 느린 나를 지나쳐 가며 진지한 목소리로 우렁차게 외쳤다. 연일 찜통 같은 날이 이어져 벌써 열흘째 도시는 잠 못 들어 뒤척이고 선풍기도 지친 듯 더운 숨만 토해 낸다. 운동으로 땀을 흠뻑 흘린 뒤 샤워라도 해야 잘 수 있을 터라 해질녘에 나간 신천 둔치에서 그의 노래와 맞닥뜨렸다. 각 절 마다 후렴까지 빠뜨리지 않고 마지막 절까지 부른다. 박자와 음정 은 엉망이지만 가사만은 정확하다. 그의 남다른 애국심과 정성 때 문일까. 서투르기 짝이 없는 노래가 내 귀에는 폴포츠의 〈공주는 잠 못 이루고〉로 들렸다.

풀이 수북한 공터에 다다르니 그의 목소리가 또 귀에 와 닿는다. 이번에는 육십대로 보이는 아주머니들 서넛 앞에서 "팔은 이렇게 휘돌려 주시고 하늘을 보세요." 하며 체조를 하고 있다. 그의 진실 된 목소리와 태도와는 달리 그녀들은 장난치듯 웃으며 흉내만 낸 다. 인간의 진정성을 한낱 노리갯감으로 만들어 버리는 행동에 저 절로 눈살이 찌푸려졌다.

체조를 마친 그들은 벤치에 앉았다. 그는, "자식의 똥은 황금빛 이니 건강한 증거라며 손으로 주무르면서 부모님의 침은 손수건으 로 닦아드리면서도 더럽다고 생각하지요."라고 말한다. 주변에서 흔 히 듣던 예사로운 말이 그날 따라 어떤 유명한 잠언보다 내 가슴 을 강하게 때린다. 입사 후 처음 집을 떠나던 건강한 딸아이에게는 물방아도 돌릴 수 있을 만큼의 눈물을 쏟아냈으나, 빈 집에서 홀로 도우미의 손길에 의지하는 편찮으신 시어머니에게는 네로의 눈물

단지를 채울 만큼의 눈물방울도 흘리지 않았던 나를 나무라는 듯
했었다.

　생계를 위해 성당에서 기거하게 된 서커스의 한 난쟁이가 성모
님을 기쁘게 해 드리기 위해 자신이 가진 유일하면서도 전부인 재
주넘기를 죽을힘을 다해 바쳐 당신을 현신케 했다는 이야기를 읽은
적이 있다. 그가 바로 그 키가 작은 사람의 환생이 아닐까 싶게 둘
은 닮아 있었다.

　그 일이 있은 뒤 또 한 번 그와 마주쳤다. 그는 침산교에서 노곡
교로, 나는 반대 방향으로 가는 중이라 정면에서 보게 되었다. 둥
그렇고 욕심 없이 보이는 얼굴은 아이인지 어른인지 잘 분간이 가
질 않는다. "안녕하세요?" 하고 그가 먼저 인사를 건네 왔다. 반가
워 나도 얼른 화답했다. 유명인을 만난 것보다 더 설레었다. 그의
순수함에 반해 서명이라도 받고 싶었지만 용기가 나지 않았다.

　이곳을 이 년 정도 다녔으나 사람들은 서로를 투명인간 취급을
하며 서둘러 걸음을 옮겼었다. 그의 인사말이 내게는 낯선 이웃에
게 건네지는 위로와 위안으로 여겨졌다. 조롱을 받으면서도 타인에
대해 무조건 베풀고 진지한 언행으로 일관한다는 것은 남을 존중
하고 섬기는 '바보'가 아니고서는 할 수 없는 것이리라. 물벼룩처럼
자신의 내면을 훤히 내비치는 그인지라 타인을 의식하여 자신을 꾸
민 짓은 절대 아닐 것이다. 그의 모습이 안경 너머의 작은 눈이 늘
웃던 한 사람과 덧놓인다.

김수환. 그는 우리나라 최초의 추기경으로 교황 다음 가는 권위와 명예를 누리며 교회의 황태자로 비유되어 '전하'라는 존칭으로 불리는 높은 자리에 있었지만, 낮은 자리에서 소리조차 낼 수 없는 자들의 소리가 되어 준 큰 어른이다. 평생 세상의 낮은 곳을 살피며 무한한 사랑을 베풀고도 스스로를 '바보'라 불렀다.

그는 윤동주의 서시를 다 외우지 못한다고 한다. 그 이유는 "차마 못 외운다. '죽는 날까지 하늘을 우러러' 그 구절이 너무 와 닿아서 그렇다"는 것이다. 아, 그동안 나는 아무 부끄러움 없이 '한 점 부끄럼이 없기를' 그 구절을 얼마나 자주 외웠던가. 그는, 당신이 이 세상을 떠날 땐 당신 혼자 미소 짓고 당신 주위의 모든 사람이 울도록 그런 인생을 살라 말했었다. 그가 떠나던 날 생전 그의 말대로, 당신 혼자 미소 짓고 남은 우리는 모두 울었다. 바보란 남을 속이거나 모함할 줄 모르며 일체의 권력과 금력과 명예욕에도 초연한 사람을 일컫는 아름다운 단어 아니랴. 비평가 포프는 정직한 인간이야말로 신이 창조한 작품 중에서 가장 기품 높은 것이라 말한다. 더구나 바보는 인간에게는 필수적인 존재여서 동네마다 최소한 한 명씩은 확보되어 있다고도 하지 않던가. 어쩌면 그 여름날 나는, 신이 김수환 추기경만큼이나 정성들여 빚었을 빛나는 걸작 한 점을 혼자 마주하는 행운을 누렸었는지도 모르겠다.

나는, 사람들에게 보거나 듣거나 읽은 것 따위를 모조리 떠들어대며 젠체했었다. 내키지 않으면 내 머리카락 하나를 뽑아서 천하가 이롭다 한들 나는 그 짓을 아니 하겠노라며 치기를 부렸었다. 한마디로 잘난 척하며 이기적 성향을 그대로 드러내는 품격 낮은 피조물이었다.

떨어져 누운 목련 옆에서 부끄럼 없이 마음껏 반짝이는 흰 별꽃이 눈 맞춤을 청해 온다. 기꺼이 몸과 마음을 한껏 낮춰 뜨겁던 여름날 만났던 그 바보를 닮은 작은 꽃과 눈을 맞춘다.

# 말

부지언不知言이면 무이지인야無以知人也라. 논어의 마지막 문장이다. '말하는 이의 말을 바르게 알아들어야 비로소 그를 안다'고 할 수 있다는 의미로 읽힌다.

아파트 뒤쪽에서 어린 자매 둘이 길고양이에게 먹이를 주는 광경을 보았다. 조그맣고 비쩍 마른 삼색 털의 어미 고양이는, 더 작고 새까만 제 새끼가 먹는 것을 옆에서 가만히 지킨다. 집 없는 고양이라 저도 배가 고플 터인데 입도 대지 않고 봐 주는 모습이 제법 의젓하다. 녀석이 사람의 말을 할 수 있었다면 상냥하게 "고마워"라며 인사말을 했을 것만 같다. 사근사근 말 붙여오던 수필가 P가 생각났다.

그녀는 멀리서 봤을 때도 빈틈이 없고 못 하는 게 없으며 자신의 세계를 완벽하게 구축한 사람으로 여겨졌다. 그녀의 스승 또한

그녀의 수필집 서평에서 글이 재미가 있고 아름다우며 격조와 기품
이 스며 있다고 말한다. 하지만 지나치게 자기주장이 강하고 자신
이 얼마나 재능이 있는 사람인가를 거리낌 없이 자랑한다며 종종
사람들의 입에 오르내렸었다. 무작정 그들의 말을 좇아 나도 그를
교만한 사람으로 몰아갔다. 어쩌다 문학행사에서 마주쳐도 일부러
멀리했었다.

　연전에, 맑고 고우면서도 힘찬 목소리로 시를 읽고 대화하는 K
교수를 알게 되었다. 말이 곧 그 사람 아니랴. 부러웠다. 닮고 싶어,
지난 가을 시낭송 수업을 들으러 갔다. P가 와 있었다. 시간이 나면
지난시간 낭송한 시들을 필기하면 좋겠다는 교수의 말을 따라, 수
업 시작 전 김춘수 시인의 '꽃'을 쓰고 있었다. P가 가까이 와 굵직
하게 쓰이는 내 펜을 보더니 그걸 '선물'로 받고 싶다고 했다. 기분
좋게 만드는 한 마디 말에 여분의 펜을 냉큼 내어 주었다. 그동안
그녀의 말을 곱새기게 된 것은, 그 말을 바르게 알아듣지 못한 사
람들이 하는 말을 또 꼬아 들은 탓이 아닐까 싶었다.

　그녀는 어린아이같이 말했다. 나는 가까이 가길 꺼려했는데 내
게 진즉 마음을 열고 있었나 보다. 별것도 아닌 펜 한 자루를 주고
마치 크고 귀한 것을 건넨 것처럼 내 마음이 넓은 교실을 둥둥 떠
다녔다.

　잠시 후 그녀가 내게 와 휴지를 찾았다. 가방 안을 열심히 뒤져
보았지만 없다. 미처 준비하지 못한 것이 왜 그렇게 미안하던지. 집

에 돌아오자마자 챙겨 넣었다. 그 후 그녀는 더 이상 휴지를 찾지 않았다. 여행용 티슈는 아직도 내 가방 속에서 그녀가 불러주기만을 얌전히 기다리고 있다.

그녀가 수필만 참 맛깔스럽게 쓴다고 생각했다. 낭송만 감정을 살려 잘한다고 여겼다. 가까이할수록 일상 언어 또한 그 글이나 낭송만큼 향기가 나는 것 같았다. 같은 여성이면서도 그 말에 그만 마음을 사로잡히고 말았다. K교수는 평소 말하는 걸 무대에서 낭송하는 것 이상으로 하라고 가르친다. 그만큼 정성을 들이라는 뜻일 게다. 또 말에는 말하는 대로 이루어지는 마력이 있으니 바람을 담아 이야기하라고도 한다. 늘 희망을 반영하여 말하라 일러준다. 예전과 달리 이젠 어떤 말에도 쉽게 감동하지 않는 무덤덤한 사람이 되어 가나, K교수의 말엔 나도 모르게 눈을 크게 뜨고 상체를 앞으로 기울인 채 고개를 끄덕이게 된다. 낭송 교실에 들어서는 나이든 학생들은 환한 얼굴로 웃으며 서로 인사한다. 얼굴과 낙하산은 펴져야 산다고 하던가. 늘 미소를 지으며 온 마음으로 말하는 젊은 K교수에게 모두 기분 좋게 전염됐나 보다.

얼마 전에 보았던 조그만 어미 고양이를 다시 보았다. 혼자서 먹이를 구하는 듯 아파트 도로 위를 이리저리 살피고 있었다. 새끼는 어디다 안전하게 두었는지 보이지 않는다.

우리 고양이, 부수의 먹이를 가져다주고 싶었다. 물론 집에 가양해를 구할 참이었다. 그 고양이에게 먹을거리를 가져올 테니 잠깐만 기다리라고 했다. 녀석은 저를 향해 사정하듯 말하는 나를 힐끗 보더니 휙 지나가 화단 속으로 자취를 감추었다.

부수는 배고프다, 무섭다, 덥다, 춥다, 화장실을 청소해 달라, 방에 들어가 보고 싶다는 등 온갖 요구를 다 한다. 나와 남편은 하나하나 부수에게 말해주며 다 들어주었다. 당연히 부수가 우리의 말을 어느 정도 알아들으리라 간주했고 그 길고양이도 그러리라 여겼다. 허나 그건 단순한 내 생각에 지나지 않았던 모양이다.

집에 돌아와, 시월 초에 춥다며 벌써 담요를 뒤집어쓰고 소파 위에 앉아있는 부수에게 미진한 마음을 털어 놓았다. 귀찮아하며 내 말이 채 끝나기도 전에 하품을 한다. 내 말에 전혀 귀 기울여 주지 않는다. 아니, 그 길고양이처럼 알지 못하는 것 같았다. 서너 살배기 아이쯤으로 여기며 십여 년을 넘게 함께 살아왔지만 나의 말을 알아듣기는커녕 내가 기쁜지 심란한지조차도 모르지 않는가. 안아주면 가릉거리고 말 걸면 가끔 "야옹" 하며 화답도 하는 듯 여겼으나 순전히 나의 착각이었던 성싶다.

반면에, P와 K교수를 만난 지는 그리 오래 되지 않았다. 하지만 벌써 아주 잘 아는 존재가 된 것 같다. 그들은 말로써 가까이 다가와 예전부터 살갑게 지내온 사람인 듯하다. 그들의 말이 화선지에 먹물 번지듯 조용히 내 가슴 속에 스며들어 온다.

상대의 말(言)을 이해해야 그 사람의 됨됨이를 안다고 할 수 있을 것이다.

# 우산

　내겐 아주 특별한 우산이 하나 있다. 세상이란 전장에서 무감각의 갑옷으로 무장한 채 잃어버린 줄도 모르고 살아가는 본래의 나를 되돌아보게 하는 것으로, 고흐가 동생 테오에게 쓴 편지와 그의 팔레트가 인쇄되어 있다.

　우산은 19세기부터 일반화하였으나 부르주아의 전형적인 상징물이 되었다. 르느아르의 〈우산〉이라는 작품을 보면 그림 속 남녀들의 옷차림은 비 올 것을 대비한 차림이 아니라 어딘지 화려해 보이는 차림이다. 비가 오는데도 그들의 표정은 즐겁기만 하다. 그들의 우아한 차림새에 비해 지나칠 만큼 평범하고 똑같은 우산이나, 가진 것 자체가 자랑인 듯. 그림 앞에 보이는 검소한 차림의 여인은 그런 우산조차 없다. 그에 비하면 내 우산은 얼마나 도드라져 보이는가. 평소 희미했던 내 존재가 우산 덕분에 또렷이 표출되는 듯했다.

우산은 차별화의 욕구를 은근히 충족시키는 매혹적인 소재다. 칙칙하고 우울해지기 쉬운 장마철 내내 남다른 감각을 뽐낼 수도 있는 것이 우산이다. 미국 유명 호텔의 상속녀는 보통 우산의 수십 배가 되는 고가의 우산 없이는 비 오는 날 돌아다니지 않는다고 한다. 사진으로 본 그녀의 우산에서는 품격이나 매력은 느낄 수 없었고 그저 막대한 부만 느낄 수 있었다.

고흐는 육백여 통의 편지를 테오에게 썼다고 한다. 내 우산에 인쇄된 것이 그 중에서 '우리가 의미 있는 존재임을 깨닫게 되는 것은 타인과 더불어 살아가면서 사랑을 느낄 때인 것 같다.'는 편지면 좋겠다고 생각했다. 그 내용을 어찌 알랴. 우산에 인쇄된 것이 고흐의 편지인 것을 아는 사람도 판 그 사람과 산 사람인 나뿐일 터인데……. 고흐의 편지가 인쇄되어 있다는 것만으로 그 우산은 나를 예술가의 언저리쯤으로는 데려가 줄 것 같았다.

장맛비가 추적추적 내리기 시작했다. 마침 볼일이 생겼기에 그동안 다른 우산들과 함께 구석자리에 서 있기만 하던 고흐의 우산을 꺼내들고 폈다. 입 꼬리가 저절로 올라간다.

기분 좋게 볼일을 끝내고 집으로 오는 길이었다. 평소 잘 이용하지 않던 지하철을 타게 되어 신경이 쓰였고, 그래서 전광판만 뚫어져라 바라보았다. 내려서 보니 아뿔싸 우산이 없어진 것이 아닌가.

잠깐 앉아 있던 역 안의 의자에 세워둔 채 지하철을 탄 모양이다.

이사를 한 지 며칠 지나지 않았을 때 다른 동에 가서 우리 집 대문 비밀번호를 누르고 있었을 만큼 길눈이 어두운 나이다. 우산을 찾으러 지하철역으로 되돌아 갈 엄두가 나지 않았다. 똑같이 생긴 의자들 중에 내 우산이 세워져 있는 의자를 찾을 자신도 없었다.

우산을 많이 잃었으나 한 번도 상실감을 느껴 본 적은 없었다. 비가 오다 그치면 아무 곳에나 놓아두고 집에 오곤 했었다. '어디 우산 놓고 오듯'이란 정현종의 시 구절처럼 우산은 본디 잃어버리기 쉬운 물건이 아닌가.

하지만 이 우산은 분실한 것이 몹시 서운했다. 내가 가진 물건 가운데 애착이 가는 몇 되지 않는 것 중 하나였기 때문이기도 하다. 하지만 그것보다는 잃어버린 것이 예술가의 언저리쯤인 것 같은, 물건 이상의 가치로 다가온 까닭이다.

며칠이 지나자 상실감은 더 커졌다. 그러다 우산의 구입처가 적힌 메모지를 서랍에 넣어 둔 것이 기억났다. 거꾸로 들어 내용물을 모조리 바닥에 쏟아 놓고 연락처를 찾아 똑같은 것을 다시 구입했다. 하지만 처음 우산을 봤을 때의 그 팽팽하던 만족감은 사라졌다.

우산 하나를 잃어버리고는 무척 연연해했다. 예행연습도 없는 단 한 번뿐인 삶에서 우리는 실수하고 후회하고 남에게 상처를 주고 상처를 입는다. 그리고 늘 너무 늦게 깨닫는다. 인생에서 정말 소중한, 잘 웃고 솔직하며 타인을 배려할 줄 아는 본래의 모습은 어느 길모퉁이에 버려둔 채 세찬 비를 맞히고 있는 건 아닐지…….

눈을 밝혀 되찾아야 할 건 바로 잃어버린 내 자신일 성싶다.

# 메디슨 카운티의 다리

　월영교를 걷는다. 천천히 발걸음을 떼 놓으면서 사백년 전 이 지
역에 살았던 한 부부의 이야기를 떠올린다. 아내는 병석에 누운 남
편의 쾌유를 기원하며 제 머리카락과 삼 줄기를 엮어 미투리를 만
든다. 하지만 남편은 미처 신어 보지도 못한 채 서른한 살의 나이
로 저승길로 떠난다. 아내는, 남편이 시린 맨발로 그 먼 길 떠나지
않게 신발과 서로 어엿ㅅ비* 여긴 정을 담은 '원이 아버지에게'로 시
작하는 편지 한 장을 고이 접어 관에 넣는다.

　이 사연이 내셔널 지오그래픽에 '사랑의 머리카락'이란 기사로 소
개되었다. 실화소설을 바탕으로 한 영화 〈메디슨카운티의 다리〉의

---

\* 어엿ㅅ비 : 어여삐

남자 주인공 로버트(클린트 이스트우드 분)는 그 잡지의 사진기자이다. 영화는 평범하고 통속적이며 시각에 따라서는 유부녀 프란체스카(메릴 스트립 분)의 일탈을 미화한 것으로도 볼 수 있다. 하지만 내게는, 영화 초반에 본 프란체스카의 공허한 눈 때문에 뭉클한 고전으로 남아있다.

빨간 나무지붕이 인상적인 로즈만 다리와 함께 특히 기억나는 장면이었다. 프란체스카 가족들이 식사를 하는 동안 식탁에서는 긴 침묵이 흐른다. 서둘러 밥을 먹은 가족들이 나가버리고 그녀 홀로 동그마니 앉아 있다. 그녀의 눈은 소통을 간절히 원하는 것 같았다. 텅 빈 눈에 눈물은 보이지 않았지만 울고 있는 듯했다.

마흔네 살인 프란체스카는 시를 좋아하는 이탈리아 여성이었다. 전시에 파병된 미국 병사와 결혼해 미국으로 와 남편과 농장을 하며 이십 년 동안 가정을 꾸려왔다. 남편과 아들은 요란한 소리를 내며 문을 여닫고 딸은 그녀가 라디오로 이탈리아 가곡을 듣고 있으면 팝송을 들려주는 채널로 바꾸어 버린다. 그녀에게는 남편과 자식이 세상의 전부였으나 그들로부터 소외당해 자아를 상실한 채 무기력해졌다. 영화를 볼 무렵의 나는, 프란체스카보다 젊었고 직장에 나가고 있어 비교적 나의 세계를 가지고 스스로를 지키며 살고 있다고 여겼었다. 그녀와 함께 시를 듣고 가곡을 감상하는 친구가 되어 잃어버린 그녀 자신을 되찾아 주고 싶었다.

그녀의 가족이 일리노이 주의 박람회에 참가하러 떠난 후였다.

로버트가 로즈만 다리로 가는 길을 물으면서 그들의 나흘간의 사랑이 시작된다. 프란체스카의 교감을 원하는 그 눈 때문에 그녀에게 다가온 사람이 할머니나 곰이라 하여도 둘 사이에 애정이 싹텄을 것이라고 무조건 그녀를 옹호하며 영화를 보았었다. 더이상 프란체스카일 수 없는 메릴 스트립을 보는 건 즐거웠으나, 예순다섯의 클린트 이스트우드가 오십대 초반의 매력적인 로버트를 연기하는 것은 불만이었다. 하지만 지금은 오히려 그의 늙음이 사랑의 진정성을 담보하지 않았을까 싶다.

로즈만 다리에서 로버트와 함께 있는 프란체스카는 소녀처럼 사랑스럽다. 꽃을 건네는 로버트에게 독이 있다며 농담까지 건넨다. 예이츠의 시구를 인용하여 '흰 나방이 날갯짓 하는 어스름에 저녁 식사를 하러 오라.'며 그를 초대한다.

그들은 맛있는 음식을 같이 만들고 미소를 나누며 먹었다. 아름다운 음악을 들었다. 서로에게 탐닉하며 춤을 추었다. 사랑을 했다. 그녀는 잃어버린 자아를 되찾았다. 삶이 즐거워졌다. 그들이 함께한 시간이 빛났다.

나흘이 지나자 가족들이 돌아왔고 로버트는 함께 떠나자며 장대비를 맞고 서 있다. 남편과 함께 차에 있다 그를 본 프란체스카는 그에게 뛰어가고 싶은 욕구를 억누르며 차 문 손잡이를 잡았다 놓으며 갈등한다. 끝내 아무 잘못도 없는 남편과 아이들을 두고 떠나지 못한다.

프란체스카는 알고 있었나 보다. 로버트와 영원히 함께 산다면 지금처럼 그 사랑도 일상이 되어 버릴 것을. 그는 카메라의 피사체를 쫓고 그녀는 식탁 앞에서 다시 외로움에 떨 것을. 자신들의 사랑이 하늘이 허락한, 기적 중의 제일 큰 기적이라며 춤추고 노래하고 싶었던 마음이 사라질 것을.

로버트는 프란체스카와 헤어진 후, 전화하거나 찾아가고 싶은 유혹을 없애기 위해 십 년을 길에서 살았다. 그녀를 보지 못하는 자신을 연민하기보다는 그녀를 발견한 사실에 감사하며 살아간다. 그녀와의 나흘을 사억 광년으로 간직하고 산다. 그녀는 다시 남편과 자식에게 돌아왔으나 그를 추억하며 살아간다. 그녀는 죽을 때, 그와 함께 있고 싶다며 화장을 해서 로즈만 다리에 뿌려 달라고 자녀들에게 유언을 한다. 그들의 이별이 사랑을 완성시키지 않았을까.

사이먼과 가펑클이 함께 부른 〈험한 세상에 다리가 되어〉를 부르진 못하고 가끔 듣기만 한다. 문화센터에서 그 노래를 배운 날, 남편이 알고 있다는 이유 하나로 악보를 내밀며 무조건 불러 달라고 졸랐다. 그는 멋쩍어 하면서도 청을 거절하진 않았다.

우리 부부가 함께 산 지 삼십여 년이 지났다. 죽음을 넘어 서로 어여삐 여긴 원이 어머니와 아버지의 사랑은 그저 바라만 보는, 흉내조차 낼 수 없는 아름다운 풍경이다. 하지만 남편과 나의 세월에도 프란체스카와 로버트의 나흘은 존재한다고 믿는다. 앞으로 그 세월을 더 살면 그런 날이 또 그 쯤 더해지지 않으랴 싶어진다.

# 니들이 예술을 알아?

리자 부인에게 무슨 일이 생긴 걸까? 오백여 년 동안 억제되고 부자연스럽지만 동시에 가장 신비한 미소를 짓고 있다는 그녀에게 말이다. 해거름에 저녁 준비도 미룬 채 부인이 머물고 있다는 인근의 S초등학교로 평소와는 달리 잰걸음을 놓는다.

그녀는 본관과 연결된 서쪽 작은 건물 이층의 텅 빈 체육관 화장실 벽에 있다. 마치 아래층에서 쉴 새 없이 재잘거리며 성가시게 구는 이 학교의 일학년 꼬마들과 끊임없이 기웃거리며 귀찮게 하는 고갱과 샤갈의 마을 주민들을 피하려 한 것처럼. 커다란 한 송이를 뭉텅 떨어드린 흰 꽃 옆에서 검은 머리를 길게 늘어뜨리고 검정 드레스 차림으로 앉아있다. 아무 일도 없었던 듯 평소 모습 그대로 수수께끼 같은 모호한 미소를 짓더니 낯선 방문객을 뚫어져라 살

핀다. 순간 머리끝이 쭈뼛 선다. 좀 전에 만난 꼬맹이의 행동이 이
해될 것도 같다.

저녁 찬거리를 마련하러 마트에 막 들어갈 참이었다. 입구의 화
단에서 자연이 부른다며 뒷간 풍경을 연출하려다 멈추고 망설이고
있는 어린 숙녀와 마주쳤다. 건물 안에 화장실이 있다고 가르쳐주
자, 아이는 저도 알지만 무서워서 갈 수 없다고 한다. 친절하게 앞
장을 서며 까닭을 물었다. 뜻밖에도, 학교 동무들이 귀신 얘길 하
면서 그림 속의 '모나리자'가 돌아다니는 걸 봤다고 수군거려 겁이
났었다는 게 그 이유였다. 내가, "그 아줌마, 그동안 되게 심심했었
나 보네."라고 말하자 아이는 하얗게 질려버린다. 아뿔싸, 꼬마 소
녀를 달래주려던 내 농담이 그녀의 움직임을 기정사실로 인식시켜
아이로 하여금 두려움을 더 키우게 했나 보다.

프랑스의 여성 작가 소피 쇼보는 "내가 더 이상 그녀를 바라보
지 않는 척 할 때도 그녀는 계속 나를 쫓고 있어 마치 살아있는 사
람과 같았다."라며 어렸을 때 모나리자를 싫어했다고 토로한다. 연
전에 난생처음 찾은 루브르 박물관에서 밀로의 〈비너스〉와 사모트
라케의 〈니케〉와 더불어 이곳의 3대 보물 중 하나로 일컬어지는 다
빈치의 〈모나리자〉를 만났었다. 고백컨대 나 역시 어둠으로 가득
찬 듯하는 그녀의 미소가 썩 좋아지지 않았었다.

일학년 꼬마들이 이층의 리자 부인과 동거하게 된 건 아마도 어
느 안목 있는 교사가, 모나리자 그림과 같은 명화들로 서관 벽면을

장식하자고 학교장에게 건의를 했고 교장도 찬성을 해서일 게다. 어쩌면 학교의 어른들은 일학년 꼬마들 사이에서 퍼진 공포의 소문을 듣고 그들이 예술을 이해 못해 생긴 해프닝이라 그저 가볍게 웃어 넘겼을지도 모르겠다. 하나, 아이들은, 자신들의 마음을 전혀 알려고 하지 않는 어른들의 고지식함에 숨이 막힐 듯 갑갑했으리라. 학교는 아이들의, 아이들을 위한 공간일 터. 따라서 모든 전시물 또한 마땅히 그들의 눈높이에 맞춰 디스플레이 돼야 할 성싶다.

나는 혼자 리자 부인의 거처를 그녀의 미소가 아름답다고 여기는 심미안을 가진 교사들이 모이는 교무실이나 교장실로 슬그머니 옮겨버린다. 대신 체육관이 있는 그 자리에, 배지기로 상대를 야무지게 메다꽂으려는 씨름꾼과 미리 신 벗어두고 자기 순서를 기다리는 선수, 여유롭게 앉아 즐기는 구경꾼들, 엿판을 메고 서있는 아이까지 스무여 명의 인물들로 들썩들썩 한바탕 신명나는 김홍도의 그림 〈씨름〉을 앉힌다.

폐기된 신발 3만 켤레로 만들어진 서울역의 설치작품 〈슈즈 트리〉가 9일간의 전시를 마치고 철거됐다. 그 트리는 설치 첫날부터 논란을 불렀다. 흉물이다, 지저분하고 냄새가 난다는 의견이 많았다. 열흘도 안 된 전시에 억대가 넘는 비용이 소요되었다는 사실이 알려지면서 비난은 더 거세졌다. 작품을 설치한 조경 관리 부서에서는 '도시 재생의 개념을 환기할 신선한 예술품'이라 시장에게 보고 됐으며 시장도 좋아하더라고 했다. 설치 기간 내내 시민의 반감이 잦아들지 않자 일부에서는 "흉물도 때론 예술, 예술도 못 알아 보느냐."는 식의, 시민의 눈을 탓하는 듯하는 발언까지 서슴지 않았다. 소설가 G는, "혹시 '정크 아트'라고 아실랑가? 쓰레기도 예술이 될 수 있지. 헌 신발을 설치했으니 예술이지. 새 신발을 진열했다면 상품이게? 현대미술은 불편하고 추해도 메시지나 스토리를 던져주지."라며 '슈즈 트리'를 비판하는 일반 시민을 향해 조롱하는 것 같은 말을 던진다.

'정크 아트'도 엄연히 예술의 한 갈래일 것이다. 결코 아름다워 보이지 않는 작품 앞에서 오히려 미감이 고양되는 경우도 생긴다고 들었다. 그러나 연전의 '난지도'에서 느꼈을 감정과 미적 감흥을 위해 굳이 거액의 시비市費를 들여 그런 설치물을 만들어야 했을까. 서울 살이 하는 사람도 아닌 내 속이 다 터질 듯하다.

서울의 필부필부를 위해 〈슈즈 트리〉대신 이규태가 쓴, 『한국인의 버릇』 중 「짚신 썩어 나무 잘 자라고」라는 칼럼의 부분을 시화로 전시했으면 어땠을까 싶다. 전라도 남원 땅에서 한양 6백 리 길을 걸어서 오르내렸던 한 노인이 들려주는 나그네 풍속에 관한 이야기이다.

그는, 짚신 열 켤레를 메고 집을 나서 한 켤레씩 닳아 못 신게될 50리 길마다 서 있는 '신나무'라 불리는 고목에 해진 짚신을 매달아 놓고 떠난다. 한양에서 일을 보고 돌아올 때면, 이미 그 나무에 걸어 두었던 신이 풍우에 썩어 문드러져 나무의 거름이 되어 없어지고 신발에 스민 내 기운을 먹고 서 있는 싱싱한 신나무를 보면 고향 사람을 만난 듯 정을 느끼곤 했다고 한다. 헌 짚신 한 짝조차 대지의 품으로 회귀시키는 문화현상을 담은 이 글이면 아주 적은 비용으로도 '재생의 개념'이 충분히 환기되리라.

"니들이 예술을 알아?"

비아냥거리는 듯 하는 엘리트 예술가 집단의 주장에 평범한 정서를 지닌 한 시민이 댓글을 달았다.

"예술은 지들만 하나. 나도 눈 달렸다."

답답하던 속이 냉장고에서 얼음을 꺼내 한 입 가득 물고 아드득 아드득 깨물어 먹는 듯 시원해진다.

# 『호모 에로스』의 세 가지 테제

호모 하빌리스(도구를 사용하는 사람), 호모 에렉투스(직립원인直立猿人), 호모 사피엔스(슬기로운 사람), 호모 사피엔스사피엔스(슬기슬기 사람) 등은 현생인류를 지칭하는 말이다. 요한 하위징아가 현대인류를 호모 루덴스, 곧 유희하는 인간이라 말했듯 작가 고미숙은 인간을 호모 에로스, 사랑과 연애의 달인이라 부른다. 기발한 사고라 여겨진다.

젊어 한때 연애의 매뉴얼이 알고 싶어 에리히 프롬의 『사랑의 기술』을 편 적이 있다. 첫 장부터 너무 난해하여 그저 읽는 시늉만 하다 그만두어 버렸다. 원제가 『THE ART OF LOVING』이다. 기술이 skill이 아닌 art이니 어찌 사랑하는 일이 쉬운 것이랴. 해서 작가는, 사랑에는 공부가 필요하다 했을 것이다.

작가가 서문에서 말하는, 사랑할 때 꼭 기억해야 할 세 가지 명

제에 대해 곰곰이 생각해 보았다. 사랑하는 대상이 바로 나라는 첫 번째 테제는 선뜻 동의하기 힘들다. 사랑이란, 물이나 거울에 비친 자기 자신이 아니라 상대와의 관계맺음 아닌가. 사랑이란 세상에 무수히 많은 사람 중에서 어떤 한 사람을 특별하고 소중한 존재로 인식하게 되는 과정이라고 한다. 자아발전을 최우선으로 하고 관계 내에서 지배하고 지배당하지 않으며 상호성을 이루어야 한다. 즉각적인 희열을 욕망하기보다는 단계적으로 발전하는 관계를 지향한다. 작가가, 사랑의 주체는 나라는 의미에서 던진 명제이겠으나 그 대상이 내가 아닌 것은 틀림없을 성싶다.

두 번째, 실연은 행운이라는 테제 역시 잘 수긍되지 않는다. 첫날밤 소박맞은 신부가 40년, 50년이 지나도록 첫날밤 모양 그대로 초록 저고리, 다홍치마로 고스란히 앉아 있다가, 딴 볼일이 생겨 신부 집 옆을 지나다 궁금증이 생겨서 들른 신랑의 손길이 닿자 매운 재가 되어 폭삭 내려앉아 버렸다는 서정주 시인의 〈신부新婦〉라는 시를 떠올린다. 척추를 다치고 동맥이 터져 시한부 인생을 선고받은 마흔 살 노처녀 시인 엘리자베스 배럿의 얘기도 생각난다. 그녀는 연하의 시인, 로버트 브라우닝의 끈질긴 구애를 받아들이며 그녀의 미소, 그녀의 모습, 그녀의 부드러운 말씨, 힘들 때 편안함을 주는 그녀의 생각같이, 변할 수 있는 것이 아닌 오직 변하지 않는 사랑 자체를 위해 사랑해 달라는 연시를 썼다. 그녀는 결혼해 아들을 순산하고 15년 동안이나 행복하게 살다 남편이 지켜보는 가운데 눈을 감았다. 그녀가 실연을 당했어도 시한부였던 삶을 오랜 동안 기쁘게 이어갈 수 있었을까. 두 경우를 보더라도 실연이 결코 행운이라 여겨지지는 않는다. 작가가 실연한 사람에게, 그저 시절인연이 어긋난 것이니 좌절하지 말고 더 나은 새로운 인연을 만나라며 위안과 용기를 주고자 던진 명제일 성싶다.

세 번째 테제이자 이 책의 핵심인 '에로스는 쿵푸다'는 난제였다. 에로스와 쿵푸가 어떻게 연관되는지 도무지 알 수 없었다. 인터넷을 뒤적여 보고 공부工夫가 중국말 공부功扶에서 왔고 영어로 발음하면 쿵푸kung-fu라는 걸 알았다. 쿵푸하면 생각나는 〈취권〉이라는 영화가 있다.

중국 광동성에 쿵푸도장을 운영하는 왕에게는 무술실력은 뛰어나지만 못 말리는 마을의 말썽꾼인 황비홍이라는 아들이 있었다. 그의 갖가지 말썽에 지친 왕은 소화자라는 무술의 달인에게 아들의 훈련을 부탁한다. 소화자는 자신의 비기인 취팔선권을 황비홍에게 전수하기 위해 혹독하고 엄격한 단련을 시킨다. 황비홍은 몸과 마음을 극한으로 연단하며 수련에 전념한 끝에 마침내 무림의 진정한 고수로 거듭난다.

에로스는 단지 성애만을 의미하는 것이 아니라 폭 넓게 생명 일반이 지니는 성장, 통일, 발전을 뜻한다고 한다. 그리스 신화 속에서는 에로스와 프시케와의 결합을 육체와 영혼을 모두 충족시키는 완전한 사랑으로 그리고 있다. 인간이 진정한 사랑과 연애의 달인,

호모 에로스가 되려면 공부를 해야 한다는 세 번째 명제에는 공감이 간다. 몸을 위해서는 자신이 즐겨 할 수 있는 운동을 해야 하고, 정신을 위해서는 자신이 좋아하는 책을 읽어야 한다. 앎의 크기가 내 존재의 크기를 결정한다지 않는가.

오랜 동안 데면데면하게 굴었던 『사랑의 기술』에 정다운 시선을 보낸다.

# 4

# 나무 비행기

여태 나 자신을 드러내기에 급급하다 보니 읽는 사람과의 소통은 생각하지 않은 글을 써 온 것 같다. 이런 내 글이 태평양 섬의 원주민들이 만드는, 날지 못하는 가짜 나무 비행기라는 생각에 부끄러워진다. 다행히 첨단기기를 만드는 머리 아픈 이론은 배우지 않아도 되겠다. 하지만 수필을 목숨으로, 혹은 생명보다 더 소중히 여기는 글 쓰는 이들의 치열한 작가정신은 꼭 사사해야 하리라. 생에 대해 작가로서의 진정성과 사람살이의 지혜와 존재의 사유를 담은 '진짜 수필'을 단 한 편이라도 써 단 한 사람이라도 그 마음 깊은 곳에 가닿고 싶다. 꼭 그러고 싶다.

－「나무 비행기」 중에서

# 파레토의 법칙

크고 튼실하게 생긴 개미 한 녀석이 호랑나비의 한쪽 날개를 들고 제법 성큼성큼 걸어간다. 나비는 저보다 훨씬 작기만 한 놈에게 속절없이 끌려간다. 개미는 내가 쳐다보는 것엔 개의치 않고 전진한다. 일개미는 저 날개로 결혼비행을 마치자말자 왕국을 꾸려 가야 할 책무를 한 몸에 무겁게 짊어진 젊은 여왕개미의 방이라도 가볍고 화사하게 꾸며 주려는 걸까.

어느 날 이탈리아의 사회학자인 파레토가 땅을 보며 개미들의 움직임을 관찰하고 있었다. 개미들은 무척 부지런히 일을 하는 듯했으나 자세히 보니 열심히 일하지 않는 개미가 하나 둘씩 눈에 띄었다. 더 자세히 살폈더니 일을 제대로 하지 않는 개미의 숫자가 80퍼센트 정도로 훨씬 더 많다는 것을 알게 되었다. 나는 지금 20퍼

센트의 열심히 일하는 개미 중 한 녀석과 조우한 것일 터이다. '80 대 20의 법칙'으로 알려진 이 법칙을 파레토는 고작 2할의 사람이 부의 8할을 소유하고 있다는 경제적 불균형을 설명하기 위해 만들었다.

하지만 이 룰은 개인의 인생살이에도 적용될 수 있다는 견해를 밝힌 기사를 보았다. 기자는 자신의 삶에서 중요하다고 생각하는 5분의 1에 시간과 에너지의 5분의 4를 쏟는 자세가 필요하리라고 했다. 공감이 간다. 내 인생에서 대부분의 노력을 기울여 왔던 중요한 일과 앞으로 열중해야 할 소중한 것은 무엇일까, 하는 생각에 잠긴다.

결혼을 하고 1여 년이 지날 무렵 딸아이를 낳았다. 저는 세상에 나온 것이 처음, 나는 엄마 노릇이 처음이었다. 직업을 가지고 있어 낮 동안은 시어머니가 돌봐 주셔서 더 서툰 엄마일 수밖에 없었다. 그렇지만 '청산이 그 무릎 아래 지란을 기르듯 우리는 우리 새끼를 기른다'는 서정주 시인의 시 구절처럼 귀중히 기르려 애썼다.

직장에서 연수를 받을 때였다. 책을 펴고 들여다보고 있으면 아이는 그 위에 주저앉아 방글거리며 저랑 같이 놀자고 나를 꾀었다. 잠들기 전까지, 그림으로만 그려진 「아기 곰 푸우」를 펼쳐 놓고 '푸우'가 왜 풍선을 잡고 있는지, 꿀은 왜 그렇게 좋아하는지 묻고 또 물었다. 그가 온몸에 꿀을 뒤집어썼을 땐 무슨 말을 했을까, 하며 궁금해 하기도 했다.

평가를 받던 첫날, 준비를 못 해 답답한 마음에 학창시절엔 생각조차 하지 않던 부정행위까지 꾀해 보았다. 끝내 감독관의 날카로운 눈을 피하지 못해 무산되고 말았지만. 그래도 시험을 치는 기간 내내 아이와 함께하는 놀이를 중지하거나 동화책을 함께 보는 일을 그만둘 수 없었다. 연수 성적보단 아이와 더불어 지내는 시간이 더 소중했으므로. 조금 더 커 스스로 깨우치게 되면 내가 가르쳐준다고 해도 아이가 싫다면서 도리질 칠 때가 오지 않겠는가. 지금 돌이켜봐도 아이에게 '엄마'란 존재가 꼭 필요한 시기에 어미의 몫을 제대로 해내려고 노력한 것이 연수 성적에 연연해하는 것보단 나았다 여겨진다.

아직 내 인생이 덜 쓸쓸한 것은 아이 덕분인 듯하다. 딸은 밖에서는 어엿한 사회인이지만 현관문을 들어서는 순간부터 큰 소리로 "엄마"를 부르며 아이 짓을 시작한다. 거실의 소파에 드러누우며 먹을 것부터 청한다. 나는, 혼자 객지에서 사는 일이 어디 녹록한 일이랴 싶어 마실 물까지 챙겨주며 장단을 맞춰준다. 아이가 온다는 연락을 받으면 평소와는 달리 쓸고 닦고, 없는 솜씨이지만 부지런히 음식을 준비하며 부산을 떤다. '생파', '생선', '문상' 같은, 요즘 청소년들이 사용하는 줄임말을 이미 알고 있으나, 딸아이 입을 통하면 어쩐지 처음 듣는 말인 양 새롭고 재미있어 웃기 바빠진다.

그리고 내가 사랑하고 나를 아끼는 나 자신과 남편. 어린 시절부터 지금까지 굳건한 버팀목이 되는 부모와 형제, 친구, 이웃, 동료들. 그들과 함께 살아 온 일 역시 소중한 것이었다.

버나드 쇼가 남긴 묘비명에는 '우물쭈물하다가 내 이럴 줄 알았다'라고 적혀 있다 하던가. 그는 잔다르크의 이야기를 극의 형식으로 각색한 「성녀 조앤」으로 노벨문학상 수상자로 결정되었지만 거부했다고 전한다. 그는 극작가였을 뿐 아니라 소설가, 평론가, 수필가, 웅변가, 화가로도 활약한 다재다능한 석학이었다. 20세기의 뛰어난 지성 중 한 명으로 불리는 그도 죽음 앞에서는 한없이 겸손해졌던 것일까. 그는 거의 한 세기란 긴 세월을 살았다. 우물쭈물하기는커녕 더할 수 없이 열정적으로 활동하다 저세상으로 떠난 것 같건만 그래도 아쉬움이 남았던 것일까. 어떤 사람은, 이 말이 죽음을 기억하고 현재에 충실하라는 의미라고 풀이한다.

앞으로 남은 내 인생에서 소중한 일은 여전히 가족과 사람을 사랑하며 사는 것과 수필집을 더도 말고 딱 한 권을 내는 일이 될 것 같다. 나 아닌 타인을 아끼며 살아가는 일. 싱싱한 나무 여러 그루를 잘라내는 것이 염치없는 노릇이 되지 않게 작지만 정성들여 쓴 내 책을 갖는 일. 그 일들은 먹고 자고를 반복하는 일상에서 벗어나 삶을 조금은 살맛나게 해 주리라. 그리고 평생 책을 읽어 작가들이 공들여 수확한 멋진 생각들을 힘들이지 않고 같이 거둘 것이다. 나를 백지 위에 풀어 놓는 일도 계속할 것이다. 그것은 나의 남은 인생을 나비의 날개같이 가볍고 화사하게 만들어 줄, 스스로에게 주는 선물 같은 것일 터이리라.

머리를 싸매고 묘비명을 생각해야 할 수고를 덜어줄 요량인지 하나밖에 없는 딸아이는 내가 죽으면 화장을 하겠다 한다. 어차피 죽은 사람의 뒷수습은 산 자의 몫일 터이니 별 불만은 없다. 필시 내 죽음 뒤에 나라는 인간은 그럭저럭 살다 어느 날 흔적 없이 스러져 갔다는 말만 남을 것이다. 버나드 쇼처럼 인류의 역사에 뚜렷한 흔적을 남긴 이의 마지막 남긴 말이 그럴진대, 지극히 평범한 나 같은 사람의 삶이야 더 말해 무엇 하겠는가. 그래도 인생의 소중한 일들이 내 곁에 있어 함께하니 다행 아니랴 싶어진다.

# 처음이라는 것

자정이다. 사람이 인위적으로 나눈 것에 지나지 않는다 하더라도 오늘이 시작되는 첫 시각이다. 어제가 자신의 긴 그림자를 끌고 조용히 문 뒤로 사라지고 남은 내 생의 첫날이 나래를 편다. 남은 인생의 첫째 날이란 생각이 나를 작년 여름 병원에 갔을 때로 데려간다.

십여 년째 늘 딱딱한 얼굴로 대하던 의사가 웬일인지 웃으며 맞아 준다. 그날도 어김없이 모자를 쓴 내게, 미소를 띠며 모자가 참하다는 말까지 하며. 몇 년째, 하루 쓰고 그 다음 날은 씻기를 반복해 검정색이 바래 회색으로 변한 야구 모자를 두고 그렇게 말했다. 모자 자체를 두고 한 말이니 나라는 사람과는 상관이 없겠다. 하지만 평소 근엄하고 농담을 입에 올리는 걸 본 적이 없어 적이 당황스러웠다.

오호라. 그러고 보니 의사 옆에 수련의인 듯 예쁜 여성이 서 있다. 매일 중년을 넘어선 아픈 여자 환자들만 보다가 곱고 앳된 아가씨를 보니 기분이 좋아졌나 보다. 그와 반대로 나는 불쾌해졌다. 백수이지만 면담하는 일 분을 위해 병원에 가느라 두세 시간쯤을 투자하는 것에 억울한 생각마저 들었다.

가을에 병원에 가니 남자 레지던트가 옆에 서 있었고, 그는 그날도 상냥하게 대해 주었다. 그제야 그의 마음을 알 것 같았다. 그는 후배들에게 바른 의사상을 몸으로 보여주고 있었던 것일 게다. 그도 첫 진료 때는 환자에게 정성을 다해 친절하게 대했을 것이다. 그러기를 수십 년, 이젠 힘들고 굳어져 그런 모습을 보였던 것일 터이다. 그런 그도 의술을 시작하는 젊은이들 앞에서는 처음 그대로의 반듯한 모습을 보이고 싶어졌으리라.

세상에 '첫' 자만큼 소중한 낱말도 드물 것 같다. 서툴지만 더없이 순수한 것. 두 번 되풀이 되지 않을 일들.

스무 살 즈음 아홉 살의 첫사랑들을 만났다. 나는 눈만 뜨면 그들이 보고 싶었다. 그들은 나를 일요일에도, 방학에도 만나주었고 함께 놀아 주었다. 그들은 삼백예순다섯 날을 새해 첫날처럼 늘 설레게 만들었다. 이십여 년의 교직생활이 그 첫 해 같았다면 나는 세상에서 더없이 행복한 교사였을 것이다. 그러나 그 일 년만큼 기쁜 해는 다시 오지 않았다. 날이 갈수록 선생 노릇에 지친 나는 아이들이 영악해졌다고 그들 탓을 했다.

TV나 잡지 같은 매체를 통해 본 소설가 이외수의 부인은, 남편을 어머니처럼 절대적으로 포용하는 듯했다. 그런데도 그들 부부역시 하도 싸워 전우애로 산다고 한다. 이어, 다툼이란 무엇인가를서로 맞추려는 노력이라는 선한 해석이 따랐다.

그 말에 위안을 받을 만큼 나도 부부싸움을 자주 했다. 결혼했을 때 처음, 서로 사이좋게 지내자고 한 약속은 잊어버리고. 나는남편이 나보다 여섯 살이나 많은데 져주지 않는 것이 불만이었고,그는 그대로 나이도 적은 내가 이기려고 하는 걸 봐주지 않았다.그렇게 싸우면서 삼십여 년을 지났지만 하나뿐인 딸아이가 자라면서 처음으로 내게 보여준 것들을 돌이켜보면 나의 결혼생활이 나쁘지만은 않은 듯하다.

아이는 태어나 삼 개월쯤 됐을 때 고 작고 귀여운 입으로 옹알이를 하기 시작했다. 백일상을 받고는 뭘 아는 것처럼 제법 길게 옹알거려 잔칫상을 차려주신 제 할머니를 기분 좋게 만들어 드렸다.육 개월 무렵, 아이의 분홍빛 잇몸을 뚫고 새하얀 젖니가 났다. 처음으로 "엄마" 하고 부르던 날도 기억에 새롭다.

첫 걸음마를 하던 날, "이, 오" 하며 처음 낱자를 읽던 날, 초등학교 입학하던 날. 아이가 처음 겪는 모든 일들이 지켜보는 내게는경이였다. 대학원 졸업식을 마친 바로 그 날 저녁에 자신이 세 번째쯤으로 원했던 회사에서 합격통지가 왔다. 사회인으로 첫발을 내딛

게 된 것에 딸아이는 물론 뚱뚱한 우리 부부도 껑충 뛰었다. 아이가 아팠을 때 미어지던 마음과 사춘기 즈음에 나를 몹시 괴롭혔던 기억은 모두 잊고 기쁨을 준 것만 새록새록 떠올리니 나는 고슴도치 엄마인가 보다.

딸아이는 언젠가 결혼을 한다고 훤칠하고 믿음직한 사윗감을 데려올 것이다. 이어 첫 손자도 안고 올 것이다. 간간이 녀석이 하는 말을 듣고 행동을 지켜볼 수 있을 것이다. 남편과는 전투 속에 산다고 해도 손에게는 더없이 자애로운 할머니가 돼 주리라는 상상에, 처져 있는 눈꼬리는 더 처지고 입 꼬리는 절로 올라간다.

정초에 병원에 갔을 땐 옆에 아무도 서 있지 않은데도 의사가 새해 복 많이 받으시라며 덕담을 건넨다. 해가 바뀌자 의사에게도 첫 마음이 다시 돌아온 걸까. 받은 복을 누군가와 나누고 싶어졌다. 병원에서 나오다가 누군가가 부딪혀 왔다. 미안해하기에 괜찮다며 활짝 웃어 주었다. 갈 때 보았던 찌푸렸던 하늘이 맑게 개어 있었다.

이런 저런 생각을 하느라 자정을 훌쩍 넘겼다. 오늘을, 신영복의 글 한 구절같이 '처음으로 땅을 밟고 일어서는 새싹처럼' 새롭게 맞을 일이리라. 산다는 것은 수많은 시초를 만들어 가는 것이라고 하던가. 온 마음으로 시작해야 하리라.

# 나무 비행기

기를 단박에 꺾어놓는다. C수필가의 「덧없음에 대항하는 덧없는 부적」을 읽게 되면서이다. 그녀는 글의 말미에 "아직은 무릎 꿇지 않으려 한다. 수필이야말로 내 삶의 날숨, 내 영혼의 봉창일 터이므로. 허무를 분연히 물리쳐 줄 부적일 터이므로."라 말한다. 그녀의 수필은 언제나 그렇듯 치열하다. 수필이 그녀 삶의 숨이란 말은, 수필이 그녀에게 바로 생명줄이란 뜻 아니겠는가. 숨을 쉬지 못한다는 것은 죽음을 의미할 터이다. 나는 여태 한 번도 이런 열정으로 글을 써 보지 못했다. 나에게 수필이란 대체 무엇이길래 그 속에 온전히 빠져들지도 못하면서 또한 놓아 버리지도 못하는가. 록 밴드 애니멀즈가 거친 목소리로 고민하는 나를 부른다.

바로 아래 여동생으로부터 전화가 왔다. 독학으로 역학 공부를

좀 했다 하면서 사주를 봐 주겠다고 생년 월 시를 묻는다. 학창시절 공부를 무척 잘했던 동생은 고교 영어 교사로 재직했었다. 교직을 천직으로 여겼으며 영어 선생들끼리의 연수에서도 일등을 놓치지 않는 유능한 교사였다. 그녀는 자신의 아들이 고등학교 삼학년이 되자 제 자식을 챙기느라 어쩔 수 없이 학교를 떠났다. 하지만 아무리 그런 그녀라 한들 사주야 어찌 잘 볼 수 있겠는가 싶었다. 스스로의 말처럼 혼자 익혀 이제 겨우 기본공식만 알 터이고 또 집안에 자리 깐 어른이 계셨다는 말도 들은 적이 없으니 말이다.

동생과 달리, 나는 학교란 곳을 계속 나가면 『변신』의 주인공 '그레고르'처럼 커다란 벌레로 변하고 말 것 같은 두려움에 사로잡혀 있었다. 아이들과는 비교적 죽이 맞는 편이었건만 그 해는 정말 이상했다. 학교를 옮기고 맞이한 개학 첫날부터 아이들과 나 사이에 보이지 않는 유리벽이 쳐져 있는 것 같았다. 아무리 마음을 다잡아도 그 장애물을 깨뜨릴 수 없었다. 아이들처럼 노는 시간이었던 것이 조용히 쉬고 싶은 시간이 되면서 재잘대는 그들의 말이 엄청나게 큰 소음이 되어 귀를 때렸다. 아이들이 복도에서 걷지 않고 뛰어다니는 것을 정상으로 여겼었다. 조용조용 말없이 피는 듯 보이는 꽃들도 사실은 서로 수런수런 떠들며 핀다 하면서 줄곧 시끄러운 아이들을 감싸 안아 왔었다. 한데, 이젠 그들을 도저히 이해할 수 없었다. 함께 밥을 먹어도 내 위는 그동안 소화에 아무런 방해도 받지 않았었다. 그러나 어수선함을 반찬삼아 먹는 아이들 때문에 밥알들이 내 밥통 속에서 일제히 곤두서 시위하는 듯했다. 그들과 헤어질 때가 온 것 같았으나 초등학교에 입학해서부터 내내 학교에만 있었던 터라 사표를 낸다는 게 쉬운 일이 아니었다.

지역에서 꽤 용하다고 소문난 역술인을 찾았다. 그는 이것저것 열심히 캐물었으나 정작 퇴직 결정에 대해서는 말을 아꼈다. 오리무중. 그곳을 찾을 때 가졌던, 그가 무조건 학교를 그만두려는 내 편이 되어줄 것이라는 기대를 접으며 결국 결론은 내가 내려야만 했다. 예순 넘게까지 정년이 보장된 그곳을 마흔 초반에 빠져나오며 한 마리 갑충이 될 것 같은 공포에서 벗어났다. 이젠 아이들도 그들을 무조건 사랑하는 새 선생님을 만날 수 있을 것이다. 서운함보다는 홀가분한 마음이 더 컸다. 그날 점 본 일이 떠올라 진지하게 묻는 동생에게 나는 마지못해 시큰둥하게 대답해 주었다.

닷새쯤 지나 동생이 그동안 책을 보며 연구를 했다면서 다시 전화를 해 왔다. 나는 작은 나무이며 주위에 고만고만한 수목들과 풀도 있고 물도 적당해 무난한 사주 같다 한다. 육십 년 가까이 평범하게 살아온 것 같아 고개를 끄덕인다. 하지만 앞으로 삼십 년은 살아봐야 안다는 자신 없는 말도 던진다. 그렇겠지. 미래를 뉘 알랴. 그리고 앞으로 닥칠 일을 알려준다는 건 천기누설 아니겠는가. 알아도 말 못할 금기사항이리라. 특이한 건 내 사주에 자신을 표출하고 싶어 하는 게 강하게 들어있다고 했다. 그 때의 자칭 전문 역술가에게서는 듣지 못했던 말이다. 그런가. 그래서 한동안은 무대에 서서 나를 나타내고 싶다는 욕망으로 연극을 가르치는 곳을 수소문했었고, 요즘은 수필을 써 평생 처음으로 내 책 한 권을 내겠다고 이렇게 골머리를 앓으면서도 좋아하는가 싶어진다. 그 방면엔 손방이리라 여겼던 동생이 여느 어설픈 역술인보다 나아 보이기도 한다.

뇌 과학자 김대식의 「브레인 스토리」에 실린 이야기가 머릿속을 스친다. 태평양 섬 원주민들 사이엔 '화물숭배'라는 종교가 있다. 2차 세계대전 중 수많은 장비와 화물을 가지고 온 미군을 관찰한 주민들은 신기한 사실을 발견한다. 군인들이 바쁘게 무선장비를 다루고 활주로를 뛰어다니며 깃발을 흔들자, 하늘에서 비행기가 날아와 음식과 신기한 물건들을 가지고 오는 것이다. 전쟁이 끝나고 더 이상 배달되지 않는 화물을 그리워하던 원주민들 사이엔 활주로를 청소하고 나무로 비행기와 무전기를 만들고 군인들이 했던 행동을 따라하면 다시 화물이 도착할 거란 새로운 '종교'가 탄생했다.

비행기의 재질은 가볍고 튼튼해야 한다. 양력, 중력, 항력, 평형, 풍속, 비례 같은, 나로서는 아무리 읽어봐도 이해 안 되는 어렵고 복잡한 이론이 뒷받침 돼야 하고, 동체, 날개, 바퀴, 내부공간들에 대해서도 두루 알아야 한다. 비행기는 날리기 위해 만든 도구이다. 나는 원리도 알지 못하면서 무거운 나무로 모양만 흉내 내어 만든다고 결코 날 수는 없지 않겠는가.

여태 나 자신을 드러내기에 급급하다 보니 읽는 사람과의 소통은 생각하지 않은 글을 써 온 것 같다. 이런 내 글이 태평양 섬의 원주민들이 만드는, 날지 못하는 가짜 나무 비행기라는 생각에 부끄러워진다. 다행히 첨단기기를 만드는 머리 아픈 이론은 배우지 않아도 되겠다. 하지만 수필을 목숨으로, 혹은 생명보다 더 소중히 여기는 글 쓰는 이들의 치열한 작가정신은 꼭 사사해야 하리라. 생에 대해 작가로서의 진정성과 사람살이의 지혜와 존재의 사유를 담은 '진짜 수필'을 단 한 편이라도 써 단 한 사람이라도 그 마음 깊은 곳에 가닿고 싶다. 꼭 그러고 싶다.

# 자라지 않는 아이

　모든 아이들은 자란다. 단 한 명만 제외하고. 그 아이는 '네버랜드'라는 별에서 산다. 그곳은 봄날 런던에서 한밤중에 날아가기 시작하면 새벽녘에 도착하며 성장이 죄악시 되는 공간이다. 모든 아이들은 자라 어른이 되어야 하는 이 지구별에서, 자라지 않는 그 아이를 만났었다.

　성당에 처음 나가던 날 보았다. 감색 웃옷을 단정히 입고 뽀얀 얼굴에 단발머리를 한 아이는 중학생쯤으로 보였다. 엄마 손을 꼭 잡고 유순한 표정으로 맨 앞자리에 앉아 나란히 있는 자기 엄마만 바라보았다. 왠지 눈이 자꾸 거기로 갔다. 내 아이는 초등학교 3학년 이후로 손을 잡기는커녕 함께 다니려고도 하지 않았기에 유난히 다정한 모녀라고 생각했었다.

얼마 후 평일 오전에 아파트 단지 내에서 손을 잡고 정답게 걸어 가는 두 사람을 보았다. 왜 학교에 안 갔나 싶어 아이에게 나이를 물어 보았다. 아이는 어린애처럼 손가락을 펴 보이며 "이십구"라고 무표정한 얼굴로 말한다.

예나 지금이나 눈치라곤 약에 쓰려고 해도 없는 나는 그제야 아이를 자세히 보았다. 둥글고 납작한 얼굴에 코가 낮고 눈 꼬리가 올라가 있으며 양 눈 사이가 멀어 보이는 다운증후군이었다. 너무 죄송해 사과조차 할 수 없어 엄마에게 아이가 무척 동안이라며 어물쩍거렸었다. 못난 내 호기심이 이웃의 마음을 다치게 하고 말았다.

아이에게는, 정상인이라 불리는 사람들이 하는 평범한 일들을 해 내는 것이 몹시 힘들고 어려웠을 게다. 그녀는 아이가 다운증후 군임을 알고 난 후부턴 그 자식을 이 세상에서 살아가게 하기 위해 온 정성을 쏟았을 것이다. 아이가 저렇게 평온한 감정을 유지하는 건 그녀 자신의 인생은 포기한 채 아이에게만 매달린 엄청난 노력의 결과가 아니었겠는가 싶다.

들리는 이야기로는, 아이의 아버지는 주말마다 아이와 엄마를 떼어놓고 혼자 산을 찾는다고 한다. 헌신적인 그녀에 비해 이기적이라 생각했으나, 일주일 내내 생활에 지친 그가 아이가 있는 일상으로 되돌아오기 위해서는 그렇게라도 해야 하리란 생각도 들었다. 하지만 이 세상에서 그녀는 누구로부터, 무엇으로부터 위로를 받을 수 있을까.

아이는 내 딸과 동갑내기였다. 내 아이에게 대학교 때까지도 공부를 잘하라고 안 그런 척하며 은근히 닦달한 나였다. '대학원 졸업과 함께 번듯한 직장 취직'이란 대열에 딸아이를 교묘하게 줄 세우며 열심히 기도드렸다. 열에서 제외돼 아파하는 자식을 봐 낼 자신이 없어서였다. 그 때 그녀는 무엇을 기원할 수 있었을까. 아이가 취직을 하자, 이번엔 승진에 딸아이보다 더 욕심을 부리면서 큰 성취에도 감사하는 마음을 자주 잊고 살았다.

신앙심이 생기지 않는다는 둥 이런저런 헤아림과 핑계로 겨우 넉 달을 다니고 가지 않게 된 성당을, 그녀는 아이와 함께 한눈파는 법 없이 열심히 다닌다. 게으른 나와 달리 아이와 함께 수녀님이 돌보는, 경제적으로 어려운 가정의 아이들 공부방에 들러 밥과 간식을 부지런히 챙겨준다. 그러나 그녀는 슬퍼 보였고, 그 아이는 항상 웃어 '미소천사'라고 불린다는 다른 다운인과 달리 표정이 없어 보였다.

영화 〈제8요일〉의 정상인 '아리'는 차갑고 타산적이다. 그의 모습에 질린 아내와 딸은 그와의 소통을 거부한다. 아리는 다운인 '조지'를 만나 조지의 천진하고 순박한 모습을 통해 세상에 대한 애정을 회복하고 그의 가족에게 다가선다. 하지만 아리가 조지를 데리고 조지의 누나 집에 갔을 때 누나 부부는 당혹스러운 표정을 노골적으로 드러낸다. 매형은 조지에게 요양원으로 돌아가라고 소리치고, 누나는 자신에게도 자기의 인생이 있다며 울부짖는다. 조지의 누나가 그의 삶까지 끌어안고 살아갈 수 없듯이, 부모 역시 자식의 생을 언제까지나 책임질 수는 없을 터이다. 한 신부는 장애인 문제는 개인, 가족이 책임질 것이 아니라 사회와 국가가 전적으로 맡아 보호해야 한다고 말한다.

'그룹 홈'은 결혼을 통한 부부 중심의 가정이 아닌 집단공동가정 형태이다. 열 명 정도의 정신지체인과 보호감독을 맡은 교사가 가정적인 분위기에서 일반 이웃과 생활해 나간다. 직접적인 경험을 통해 일상생활의 기술과 공동체 의식을 훈련하는 것을 목적으로 한다. 하루 일과는 학교에 가거나 일하는 낮 활동과 식사준비, 청소와 같은 저녁 활동으로 구성된다. 일과 생활이 함께 이루어지는 집단가정은 현재 다운증후군 성인이 독립된 생활을 함에 있어 가장 바람직한 형태로 받아들여진다.

그녀는 아이를 과잉보호하면서 죄의식과 고통에서 벗어나지 못하는 것처럼 보인다. 아이를 품안에서 내놓고 지상에서, 남은 인생의 '봄날'을 찾을 수 있으면 좋으련만. 아이도 부모에게 의존적이고 종속적인 존재로 평생을 살기보다 주체적인 인격체로서의 삶을 살아야 하지 않을까. 모든 지체장애인의 엄마는 아이보다 꼭 하루만 더 살기를 바란다고 한다. 하지만 그녀는 마음 놓고 아이가 자신보다 더 오래 살기를 기원할 수 있었으면 하는 바람이 생긴다.

그 엄마도 자라지 않는 '특별한 아이들'을 위한 '그룹 홈'을 알고 있을 것이다, 피터 팬이 사는 '네버랜드' 같은 그곳을. 내 아이가 결혼할 때 쯤 그 아이도 새 보금자리를 찾기를 바랐다. 그녀가, 말도 못 꺼내보는 이런 나의 '오지랖 넓은' 속내를 읽은 것인지 아이와 함께 숨어 버렸다. 모녀를 보지 못한 채, 내 아이도 아직 신랑감을 찾지 못한 채 이 봄도 가고 있다.

# 내 안의 우는 아기

하늘이 희부옇다. 흙비가 햇살을 가려 시계를 흐린다. 고비사막
에서 불어오는 바람 탓이라며, 몽골 정부에서 자동응답전화모금이
라도 해서 나무심기 운동을 벌이라고 똑똑한 척 일러주고 싶어진
다. 봄마다 쾌청한 날씨에 심술을 부리는 '아시아의 먼지'가 오늘따
라 더 언짢아져 짜증을 낸다. 아무리 얼굴을 찌푸린들 하늘은 조
금도 맑아지지 않는다는 걸 안다. 그럼에도 부아가 돋는다. 토우에
현명하게 대처 못하는 남의 나라 정부에 대한 원망마저 인다. 요즘
들어 화를 내는 일이 부쩍 잦아진다.

자투리 시간이 생겨 어둠살이 내린 거리를 돌아다녔다. 초췌한
얼굴에 남루한 행색을 한 젊은이가 따라오더니 "공덕이 많은 얼굴
입니다. 혹시 절에 자주 다니세요?" 하며 주절주절 말을 건넨다.

참 고전적인 수법 아닌가. 벌써 몇 년째 똑같은 말을 되풀이하고 있다. 듣는 내가 다 지겹건만 저들의 언어는 늘 같은 자리를 맴돈다. 남에게 경우에 크게 어긋난 일은 하지 않았지만, 선을 베풀지도 않고 살다 보니 덕 있는 낯이 못된다. 그에게도 당연히 그렇게 보일 터, 진정성을 의심하면서도 마음이 뜨끔해진다. 예전엔 대꾸조차 않고 그냥 지나쳤다. 한데 그 순간 치밀어 오르는 분노를 참지 못한다. 가끔 절집 마당을 밟으면서도 근처에도 가지 않는다는 말로 매몰차게 쏘아붙이며 발걸음의 속도를 높여 그를 지나쳤다. 내 목소리는 내가 듣기에도 민망할 정도로 냉랭하다.

그 같은 청년의 말에 고분고분 대답하는 사람을 그의 일행들이 어두운 거리에서 불쑥 나타나 어디론가 데려가는 방송을 본 적이 있어서 생긴 두려움 때문만은 아니었다. 반복되는 그들의 거짓말에 넌더리가 나서 그랬던 것만도 아니었다. 내가 그렇게 어리보기로 보이는가. 나는 그렇게 만만한 사람이 아니다. 길에 다니는 수많은 어중이떠중이들과는 다르다. 그에게 그런 속내를 보이며 내세울 것 하나 없어 오히려 잘난 체하고 싶었던 탓이었다.

차로 오십여 분쯤의 거리에 위치한 도서관에 가기 위해 버스를 탔다. 서서 갈 만한 체력이 안 되는 터라 비어있는 뒤쪽 자리에 얼른 앉았다. 몇 정류장 가지 않아 차 안은 꽉 찬다. 일흔을 훌쩍 넘겼을 성싶은 할머니 한 분이 타더니 노약자석에 앉은 새파란 젊은이들을 지나쳐 굳이 내 앞에 선다. 비록 관절염 환자이나 그분보단 건강하지 않겠는가.

자리를 내어 드리고 목적지까지 줄곧 서서 가며 저 나이가 되면 당당하게 노약자석의 권리를 주장하겠노라 결심한다. 그러면서 왜 하필 나인가 싶어 못마땅한 마음이 돋는다. 혹시 이 안에서 제일 어리석어 보이기라도 하나 싶어 기분이 나빠졌다. 얼마 전까지만 해도 노인에게 자리를 양보하면서 혼자 '축 당첨'이라며 좋은 일 할 기회가 생긴 걸로 여기자 했건만 지금은 왜 이렇게 짜증이 날까.

분노의 속성에는 '자기애'적 요소가 있다고 들었다. 우리는 누구나 태생적으로 호수에 비친 아름다운 제 모습에 반해 물에 뛰어든 나르시시스트의 인자를 지니고 있다. 우리가 호수대신 늘 비춰보는 거울은 자신의 모습을 실제보다 더 근사하게 보여준다. 그것은 사람들이 제가 가장 멋져 보이는 각도, 즉 시쳇말로 '얼짱 각도'로 자기를 바라보기 때문이라는 것이다. 우리는 누구나 자신이 소중하고 특별하고 잘난 사람이라는 신념을 가지고 있어서 그런 자기 이미지가 침해당했을 때 분노를 느끼게 된다고 한다.

사람은 내면에 억압된 분노를 가지고 있다고 들었다. 그것은 아기 때부터 엄마 혹은 양육자에게 가졌던 분노로, 성장하면서 그 감정이 사회적으로 용인되지 않는다는 것을 알고 억눌러 왔던 탓이다. 나이가 들수록 짜증 같은 부정적인 정서를 덜 경험하는 것으로 나타났다. 한데, 겨우 스무 살 무렵부터 시작한 사회생활이 내가 분노를 표출하는 것을 오랫동안 막아왔던 탓일까. 그동안 가라

앉혀 놓았던 화가 새삼 들고 일어선다. 계속 이렇게 살다가는 무덤 속에 들어가 다시 홍역을 앓게 될지도 모르겠다.

연전에 K대 강당에서 있었던 틱낫한 스님의 강연이 뇌리를 스친다. 들릴 듯 말 듯 하는 조용한 음성이 마음을 사로잡았다. 일상의 분노가 저절로 녹아 없어질 것 같았다. 통역자로부터 전해들은 강연의 요지는 "화는 우리의 적이 아니라 내 안의 우는 아기다. 그윽한 마음으로 화를 끌어안아야 한다."는 것이었다. 분노가 울고 있는 아기라고 생각하면 당연히 그 칭얼거림에 귀를 기울이고 소중히 보듬어 안아 달래주고 보살펴야 할 터이다.

낯모르는 이가 거리에서 말 같지도 않은 말을 걸어와 자존심을 다쳤다며 짜증을 부렸다. 하지만 아무리 잘난 척해도 육백여 초 남짓 숨을 못 쉬거나 석 달 열흘쯤만 굶으면 죽고 말 것 아니겠는가. 특별하다는 자만심을 버리고 때때로 끓어오르는 분노를 다독이며 살아야 할 성싶다.

고비사막에서 불어오는 황사는 환경 단체들의 고민거리로 남겨두고, 모금운동을 하면 기꺼이 동참하리라. 혹 길에서 듣게 되는 값어치 없는 말은 그냥 흘려들어도 좋을 듯하다. 이웃을 위해 더러 착한 일도 좀 하고 살면 그런 말에 화를 덜 낼 수도 있을 것 같다. 버스의 자리는 적어도 예순다섯까지는 노약자에게 양보하는 것을 원칙으로 삼을 것이다.

화를 낸다는 것은 남의 탓이 아니라 내 탓이겠다. 분노의 감정을 우는 아기 달래듯 끌어안으며 낮은 자세로 산다면 마음자리도 맑은 빛을 되찾을 수 있으리라.

　며칠 동안 뿌옜던 하늘이 이제 말갛게 보인다. 덩달아 마음까지 환하게 걷혀온다.

# 삶의 디딤돌 하나

파에톤은 태양신 아폴론의 아들이다. 어머니와 함께 지상에서 살았던 그는 자기를 버린 것 같은 천상의 아버지와 자신을 신의 아들로 여기지 않는 친구들 때문에 자괴감에 빠진다. 존재를 과시하고 싶은 강박관념에 사로잡혀 아폴론을 찾아가 태양마차를 몰게 해 달라고 조른다. 가까스로 허락을 받지만, 전갈자리를 지날 때 마차의 주인이 바뀌었다는 전갈의 고자질을 들은 말들이 폭주한다. 파에톤은 그만 고삐를 놓치고 하늘에서 까마득한 땅으로 곤두박질치며 짧은 한살이를 마감한다. 열등감이란 걸림돌에 걸려 때 이른 죽음을 맞은 것이다.

식은땀이 나고 입 안은 타들어간다. 교장과 교감, 여러 동료교사들이 뒤에 잔뜩 서 있고 나는 수업을 하고 있다. 우리 반 아이들은 아무도 듣지 않는다. 모두 장난을 치고 한눈을 판다. 그러다 잠시 후 자리에서 일어나더니 옆 반으로 우르르 몰려가 버린다. 교사들도 모두 따라갔는지 혼자 우두커니 서있다.

한바탕 꿈이었다. 학교를 그만둔 지 십 년도 더 지났건만 아직도 이런 악몽을 꾸는 이유를, 굳이 '프로이드'나 '융'을 찾지 않아도 짐작할 수 있을 것 같다.

육학년을 가르칠 때 옆 반의 우수교사가 교육감과 다른 교사들 앞에서 수업을 하게 됐다. 바로 곁에 있다는 이유로 우리 반이 연습 대상이 되었다. 뒤에서 그 선생의 수업을 지켜보니 평소 내가 가르칠 때 시큰둥했던 녀석들까지 홀린 듯 몰두한다. 아이들에게 미안하기도 하고 아이들이 서운하기도 했다. 후배인 그녀에게는 은근히 샘이 났었다. 그 기억이 수면 아래 오래 잠수해 있다가 재능 없음을 인정하기 싫어 안간힘을 썼던 무의식과 교묘하게 직조돼 떠올랐으리라.

사람들은 다양한 열등감을 가지고 있다. 나 역시 예외 없이 많은 콤플렉스에 시달린다. 그 중에서 잘하는 것이 하나도 없다는 것이 나를 가장 힘들게 한다. 분명 내 것이기에 심리적 모자람만이 아닌 특별함으로 받아들여야 하겠으나, 무능함을 특출함으로 끌어안기란 애당초 무리 아니랴.

한때 드럼을 배우러 다닌 적이 있다. 드럼은 오른손과 왼손, 오른발과 왼발의 리듬이 모두 다르다. 스틱을 쥐고 집에서 열심히 복

습을 했었다. 손과 발을 따로 연습하면 되는 듯하다가 함께 하면
완전 제멋대로였다. 악보는 무용지물이 되고 말았다. 운동신경이란
게, 무딘 정도가 아니고 아예 없는 것 같았다. 가르치는 사람이나
배우는 사람이나 재미없고 따분하기만 했다. 멋지게 치면서 스트레
스를 날려 버리고 지인들에게 솜씨도 뽐내고 싶었지만 한 달 만에
두 손 두 발 다 들고 말았다.

　연극을 배우고 싶어 극단에 전화를 해 보았다. 무대에 오를 수
만 있다면 거렁뱅이 노파로 단 한 장면 출연한다 해도 혼신의 힘을
다하리라 다짐했었다. 떨리는 내 목소리에 단장은 담담하게 먼저
공연 중인 연극을 본 뒤 자신을 찾아오라 말했다. 배우들의 침 넘
어가는 소리까지 들리는 소극장의 제일 앞자리에서 본 것이 잘못이
었을까. 연기자들의 넘치는 에너지에 눌려 누구에게 잡힐까 봐 도
망치듯 나와 버렸다. 시작도 못 해 봤으니 재능이 꽝이라 단정 지
을 수는 없을 것이다. 오히려 열정 없음을 탓해야 옳을 일이었을
게다. 그럼에도 그 일은 아직 스스로를 무능하다 여기는 거리로 머
릿속에 입력되어 있다.

　어떤 사람은 못하는 것이 하나도 없던데 나는 왜 잘하는 것이
하나도 없을까. 딱 한 가지라도 잘하는 것이 있으면 얼마나 좋을까.
어릴 때 애정결핍을 경험한 사람은 타인에게 잘난 체하고 싶어 한
다고 들었다. 공부를 잘하는 형제들 사이에서 자랐다. 아버지, 어
머니가 그저 평범한 나를 모자란다고 여기시지 않을까 지레짐작하

며 자격지심을 갖고 있었다. 이탈리아의 한 화가는 "신은 인간의 재능을 특정한 한 사람한테만 몰아주는 실수를 하곤 한다."라 말했다. 아마, 조물주께서 나라는 피조물을 만드실 때 지나치게 정신을 바짝 차리셨나 보다.

수필 쓰기를 배우러 갔다. 첫날 교수가, 등단한 사람은 '선생'이라 호칭한다며 모두 등단하라는 의미로, 배우러 온 모든 이에게 미리 그렇게 불러 주었다. 이십 년 넘게 선생이었으나 그 이름을 버리고 떠난 내가 새삼 그 호칭이 왜 그렇게 반가웠을까. 그곳의 모든 사람들은 이미 선생으로 보였고 나만 학생 같았다. 열등감이 또 똬리를 틀었다.

기초과정 한 학기와 심화과정 두 학기를 거치며 겨우 첫발을 뗐다. 등단은 시작에 불과하다는 선배 수필가의 충고대로, 글이 주는 압박감은 대단했다. 머리를 쥐어짜도 제대로 된 글 한 편을 쓰지 못했다. 속의 것을 그저 쏟아내기만 하면 글이 된다는 글쟁이가 부럽지 않을 수 없었다. 선천적으로 훌륭한 재주를 부여받지 못했으니 천 년 전 송나라의 구양수가 일러준 대로 다독, 다작, 다상량을 해야 할 것이다. 한데, 타고난 듯하는 이 게으름은 또 어찌해야 할까. 글 쓰는 신명도 없어 외부에서 이것저것 잡다하게 끌어오려 애쓰나 그것도 그다지 신통하지 않다. 배우는 도중에 그만둔 것들이 셀 수도 없이 많은데 그래도 글쓰기만은 끙끙거리며 앓아도 버리지 못한다. 독자가 나 하나뿐이라 할지라도 죽는 날까지 쓸 수밖에 없을 것 같다.

콤플렉스를 처리하는 바람직한 방법은 그것을 사랑하는 것이라는 말이 있다. 열등감을 사랑하면 놀라운 일이 일어나게 된다고 한다. 그것이 의식 안으로 통합되는 순간, 더 다양하고 풍성한 인격이 나오게 된다는 것이다. 콤플렉스를 자랑스럽게 여길 순 없지만 최소한 있는 그대로 인정해야 하지 않겠는가.

이 세상엔 나처럼 미숙한 사람도 있을 터이다. 다른 이들의 비판이나 지지에 움츠러들거나 으쓱해하지 않는 건강한 자기중심성을 가지고 싶다. 그동안 이런저런 수많은 열등감이란 걸림돌에 걸려 늘 넘어졌었다. 글쓰기가 나의 삶을 일으켜 세우는 단단한 디딤돌 하나가 되어 줄 수 있으리라는 믿음만은 굳게 간직하련다.

파에톤이 수필 쓰기를 배웠다면 신화가 바뀌었으리라. 지금 아버지 아폴론을 이어 그가 눈부신 태양마차를 몰고 유유히 전갈자리를 지나고 있다고 말이다.

# 새벽

밤새도록 알지도 못하는 골목들을 헤집고 다니느라 또 늦잠을 잤다. 어딜 찾느라 그렇게 헤맸는지 일어나니 무척 피곤하다. 아파트 창에는 한낮의 하늘이 하품을 하며 나른하게 걸려 있다. 어제도 오늘도 늘 같은 날이 되풀이 되는 것 같다. 간단하게 가방을 챙기고 차 시간을 알아본 뒤 길동무를 자청한 남편과 함께 역으로 발걸음을 옮긴다.

자정 즈음 영동선을 탔다. 강원도는 처음 가보는 곳이나 낯선 풍광들에 대한 기대와 설렘은 그다지 없었다. 대신 아침에 도착해서 일대를 둘러보고 집으로 돌아갈 땐 이 무력감은 여기에 떨쳐 버리고 가야지, 하는 마음이 더 컸다.

그 무렵 불면증이 부쩍 심해져 오늘 밤에도 자지 못하면 어쩌나

하는 강박감마저 있던 터라 기차에 오르자마자 잠부터 불렀다. 덜컹거리는 차체와 친구들끼리 여행하는 사람들의 자유를 만끽하는 수다와 정차 역을 알리는 승무원의 안내방송들로 잠이란 녀석은 내게서 점점 더 멀어진다. 차 안을 밝히는 불빛까지 수면을 방해한다. 선글라스를 쓰고 모자를 입까지 내려 덮는다. 그래도 잘 수가 없다.

갑자기 소란스러움이 멎고 고요해졌다. 주위를 둘러보니 '벌떼 같은 사람들'은 어느새 잠이 들었다. 부스럭거리는 소리를 내지 않으려 주의하면서 읽다 만 신문을 다시 훑기 시작했다. 정치, 경제, 사회, 문화, 체육 면뿐만 아니라 평소에는 거들떠보지도 않던 주식 시세까지, 활자란 활자는 다 뜯어보았다. 자는 둥 마는 둥 하던 남편이 듣고 있던 클래식을 잔뜩 담은 카세트 플레이어의 이어폰을 건넨다. 평소 즐기지 않던 음악을 들으면 지겨워서라도 잘 수 있겠지 했나 보다. 그럴수록 잠은 저만치 달아나고 정신은 오히려 또렷해진다.

새벽 네 시다. 이제 한 시간만 지나면 유월의 해가 뜰 것이다. 어두운 창밖을 응시한다. 통리, 도계간의 스위치백 구간을 지난다. 급경사를 극복하기 위해 선로를 지그재그로, 전진과 후진을 반복하며 올랐다.

어느 순간 무겁게 내려앉은 어둠이 걷히고 까맣던 하늘이 희붐하게 변한다. 길이 하얗게 보이더니 숲이 깨어나기 시작했다. 굳게

닫힌 차창으로 신선한 공기가 들어오는 것 같다. 날이 흐려 진홍으로 물든 화려한 하늘은 보지 못했으나 틀림없는 새벽이었다. 부지런한 어르신 한 분은 어느새 마을길에 혼자 서 계셨다. 새벽 마중이라도 나오신 것일까.

스무 살 시절, 범어사에서 새벽예불을 지켜본 일이 있다. 스님한 분이 일러주는 대로 한밤중에 대웅전에서 동아리 선배들이며 동기들과 함께 벽을 마주하고 앉았다. 그 땐 왜 그렇게 졸리던지. 사정없이 내려오는 무거운 눈꺼풀을 들어올리지 못한 채 자리만 지키고 있었다. 가장 맑은 기운이 내려앉는다는 오전 세 시 정각에 당번인 듯 하는 이가 목탁을 치며 절집 구석구석을 돌아 하루의 시작을 알렸다. 이어 법고, 범종, 목어, 운판의 사물을 울려 천지만물을 깨웠다. 그 후 장삼을 입고 가사를 드리운 큰스님들이 들어와 부처님께 예배를 드렸다. 그곳엔 새벽빛처럼 청정한 눈의 동갑내기 행자가 있었다. 스님의 맑은 목탁소리에, 납자의 깨끗한 눈빛에 이끌려 새벽이 오는 것이란 생각이 들었다.

텔레비전에서 보았던 해 뜨기 전 새벽바다는 깜깜했다. 어선들은 매달아 놓은 불빛에 의지해 바다를 건넌다. 어부들은 밤새워 고기를 잡고 피곤한 줄도 모르고 그것들을 풀어놓고 경매를 시작한다. 경매사의 속사포 흥정이 이어지고, 활어도 그들도 펄펄 뛴다. 날것 그대로의 시간이었다. 그들 또한 새벽을 여는 사람들이리라.

두꺼운 나무껍질로 지붕을 이은 굴피집과 붉은 소나무 조각으로 지붕을 덮은 너와집을 보았다. 희귀한 풍경이다. 호기심에 자꾸 눈이 간다. 화전민의 집이다. 화전민. 그들은 농사를 지어 자신들도 먹고 슬며시 다가오는, 눈이 순한 고라니도 내치지 않았을 것이다. 고되지만 무력한 삶을 살진 않았을 것이다. 정체를 깨고 새로운 것을 찾으려는 여행자같이 살았을 것이다. 그들의 두 손과 발은 항상 움직여 깨어 있으려 노력했을 것이다.

그 지붕들은, 가족과 함께 살지 않았다면 태양이 남중할 때나 겨우 일어나 하루 한 끼 먹기도 바빴을 내게 부지런히 살라 나직하게 일러주었다. 게으른 두 손은 악마의 놀이터라며 타일렀다. 정성들여 살라고도 말해 주었다. 새벽처럼 생동감 있게 살라고 속삭였다.

여행 후의 피로 때문이었을까. 달게 자고도 불면의 밤을 보낸 사람처럼 또 느지막이 일어났다. 남편은 벌써 일어나 건넌방에서 컴퓨터 삼매경에 빠져있다. 거실로 나가니 부레옥잠이 보랏빛 꽃을 반쯤 피워 놓았다. 어젯밤 자기 전까진 봉오리를 맺은 채였었다. 대개 꽃은 사람들의 눈을 피해 개화한다더니 아마 내가 잠들어 있는 사이에 어여쁜 모습을 연출한 모양이다. 하기야 내가 게으름을 부리느라 세상에서 놓친 일이 어디 이것뿐이랴.

쇼펜하우어는 "늦게 일어나서 아침을 짧게 하지 말라" 말하지 않았던가. 내일부터는 일찍 일어나 옹근 새날 오는 길에 내 마음도 한 점 보태야겠다.

# 시종일관

시험기간이다. 공부는 않고 F.M 라디오의 음악프로그램만 듣고 있다.

음악 점수가 낮은 건 아버지가 오르간조차 안 사주셔서 피아노 실기가 엉망이기 때문이라며 궁색하게 핑계를 댄다. 친구들이 모두 오른쪽으로 방향을 바꿀 때 혼자 왼쪽으로 돌아 선생님 눈에 확 띄던 무용은 선천적으로 방향감각을 잘 못 타고났기 때문이라 변명한다. 연습하느라 공 수십 개를 잃어버리고도 네트 한 번 못 넘겨 본 테니스 역시 운동신경이 둔하기 때문인데 부모 탓 아니겠는가. 분명 미의 여신 비너스를 그렸건만 내 스케치북에는 그녀는 간 곳없고 추녀 맹꽁이 턱하니 자리 잡고 있다. 조상님 중 화가가 계셨단 말을 들어 본 적 없으니 이 또한 내 탓은 아닐 게다.

영 소질 없는, 많고 많은 실기에 지쳐 전공인 교육학마저 손을 놓고 라디오의 노래 소리만 키운다. "지금도 마로니에는 피고 있겠지……"라는 가사가 흘러나온다. 순간 마로니에를 공원의 이름이리라 지레짐작을 하고 다음 가사에 귀를 기울였다. 무엇이 피고 있는지 궁금해서였다. 골똘히 집중하며 들었지만 끝내 당최 알 수가 없다. 그 노래가 끝나자마자 혹시나 싶어 국어사전을 찾아보았다. 마로니에는 '칠엽수과의 낙엽교목'이라 되어 있다. 잎이 다섯 개에서 일곱 개가 달리며 가을이나 겨울에 잎이 떨어져 봄에 새로 나는 나무, 그러니까 그냥 마로니에가 피고 있었던 것이다.

여전히 무엇 하나 잘하는 게 없다. 해서 요즘도 아주 가끔은 부모, 조상님 탓을 한다. 제대로 알지 못하면서 멋대로 생각해 심각해지는 것도 똑같다. 스무 살 그 때나 태어난 지 갑년이 지난 지금이나 나는, 나아진 게 전혀 없이 그대로니, 나란 사람, 참 한결같다!

# 도긴개긴

프랑스 남부 니스의 한 카페 커피 값은 무례할수록 비싸진다고 한다. 주문할 때 "커피 한 잔"이라고 하면 원화 9,000여 원 정도인 7 유로, "커피 한 잔 주세요."는 4.2유로, "안녕하세요. 커피 한 잔 주세요."는 1.4유로이다. 지배인은 이런 가격 정책이 '감정 노동자인 종업원들에 대한 마음 씀의 결과'라 말한다.

우리나라의 카페에서도 이렇게 커피 가격을 정한 곳이 생겼다. 바리스타의 이름표를 보고, "○○씨, 안녕하세요. 맛있는 커피 한 잔 주세요."라고 하면 반값에 커피를 마실 수 있다. 대체로 젊은이들은 스스럼없이 그렇게 주문을 하고 있다고 들었다.

그런 곳에 가면 나는 얼마의 커피 값을 내게 될까? 어쩌다 편의점에서 물건을 사거나 카페에서 커피를 마실 때, 스무 살쯤 돼 뵈는 앳된 종업원에게도 반말을 사용한 적은 없다. 하지만 그들에게 먼저 인사를 건넨 적도 없다. 이런 습관을 상기해 보니 니스에 간다면 딱 중간 값을, 우리나라에서는 전액을 지불하게 될 것 같다.

돈을 더 내야 함에도 직원들에게 먼저 인사를 하려 하지 않는 나의 심리 기저를 들여다본다. 거기에는 서비스를 하는 그들이 소비자인 내게 먼저 알은 체하는 걸 당연시 하는, 상대적으로 자신이 우위인 갑이라 여기는 속물근성이 있는 듯하다.

연전, 모 재벌 2세는 땅콩 서비스 문제로 비행기의 회항을 지시했고, 백화점에서 쇼핑하던 한 모녀는 여러 차례 바른 주차를 부탁하다 거절을 당한 나머지 허공을 향해 주먹질 하던 주차요원을 폭행하고 무릎을 꿇렸다. 5,000만 우리 국민은 그들의 인간성 나쁜 갑甲질에 엄청 분노했었다. 나도 질세라 목소리를 높여 타인을 전혀 배려하지 않는 그들을 향해 질타의 말을 마구 쏟아냈었다.

돌이켜 생각하니 나 또한 아주 소심하지만 갑 행세를 했었던 부류가 아니랴 싶다. 어찌 여태껏 내 눈에 든 들보는 보지 못했을까. 이순이 넘도록 낮닭음만 해왔다는 뒤늦은 자각에 낯이 뜨뜻하다.

모자

영국에서 세기의 결혼식이 열렸다. 그들의 국기 유니언 잭으로
가득 차 있는 거리의 백만여 군중과 수십 억 세계인의 눈이, 신랑
윌리엄 왕자와 평민이었던 신부 캐서린 빈의 웨딩 복장과 웨스트민
스터 사원에서의 엄숙한 예식에 쏠린다. 결혼식을 마친 후 사원을
떠나 버킹엄 궁에 이르는 퍼레이드와 사륜마차, 신랑과 신부의 버
킹엄 발코니 키스, 궁 상공을 선회하는 영국 공군기들의 축하비행
에 잠시나마 세상이 행복해진다.

밤중에 쓰레기장에 갈 때조차도 부스스한 흰 머리가 신경 쓰여
모자를 쓰는 나인지라 결혼식 광경보다 엘리자베스 여왕을 비롯한
왕족 여인들이 쓰고 있는 모자에 더 관심이 간다. 복고적이고 매우
여성스런 종모양의 클로쉬, 챙이 아주 크며 색깔과 리본, 깃털 장식

이 화려한 까플린, 너무 작아 머리 한쪽에 겨우 얹혀 있는 앙증맞은 보네트……. 하객들은 모자 경연장에라도 온 듯 다양한 모자를 쓰고 있었으나 마음에 썩 드는 모자를 발견하지 못하겠다.

아무도 선택을 강요하지 않는데 굳이 골라야 한다면 장미 두 송이가 얌전히 핀 이단 케이크 모양의 단아해 뵈는 여왕의 모자밖에 없을 것 같다고 여긴다. 개성미가 넘치는 많은 모자들 중 내 맘에 든 것이, 그 날의 베스트 드레서이었다고는 하나 여든 넘은 할머니의 모자라니. 나란 사람 참 재미없다 싶다.

이집트 벽화에서 모자를 쓴 사람들은 왕이나 제사장 등 신분이 높은 계급들이다. 이들의 모자는 권력과 힘을 상징한다. 유럽의 신분사회에서 귀족과 대칭되는 천민을 뜻하는 '떼뜨 뉘'는 불어로 민머리, 즉 모자를 쓰지 않은 머리라는 뜻으로 사회의 하층계급을 이르는 말이라고 한다. 귀족의 모자는 우월감을 나타낸다. 우리나라에서도 양반은 외출할 때 꼭 갓을 쓰지 않았던가. 모자를 쓰지 않고 밖으로 나간다는 건 예절에 벗어나는 행위로 인식되었다. 전생이란 게 있다면 난 왕족이나 정일품 정도의 양반이었으리라는 터무니없는 상상에 잠긴다.

'베레모를 쓴 제임스 딘'은 쿠바 혁명의 주인공 체 게바라를 일컫는다. 그는 목까지 늘어진 머리에 한가운데 별이 박힌 베레모를 쓰고 열정적인 눈빛으로 먼 곳을 바라본다. 이십 세기 최고의 지성이라 일컬어지는 프랑스 철학자 사르트르가 그를 '우리 세기에서 가장 성숙한 인간'이라 평가했다고 하나 그의 됨됨이나 사상에 대해서는 알지 못한다. 그다지 관심도 없다. 그저 그의 머리 위에 올려진 까만 베레모에 혹했을 뿐이다.

흔히 빵모자라 불리는 베레모는 중학교 때의 교모라 내게는 익숙하다. 그 땐, 검은 베레모 역시 검정 교복과 마찬가지로 우리를 획일화 시키는 도구로만 여겼기에 가방에 아무렇게나 넣어 다녔다. 규율부원의 단속에 걸리지 않으려면 교문 앞에서는 꼭 써야 되는 귀찮은 통행증 같은 것이라 생각한 탓에 졸업하면 아예 쳐다보지도 않으리라 했었다.

모자라는 것은, 어떤 사람에겐 자신의 약점을 감추기 위해 사용하는 물건이지 않은가. 당나귀 귀처럼 큰 귀를 가진 신라의 임금은 자신의 귀를 가리기 위해 모자를 썼다. 나 역시 제멋대로의 방향으로 구불거리는 심한 곱슬머리가 싫어 마흔 후반 즈음부터 못 본 척하리라던 검은 베레모를 쓰게 되었다.

누구에게나 잘 어울린다며 점원이 권해 준 것이었는데, 체 게바라의 모습을 연상했기 때문인지 학교 다닐 때와는 달리 거부감이 일지 않았다. 베레모를 쓴다고 해서 아무런 고뇌도 하지 않고 뚱뚱해지기 시작하는 중년 여자가 별빛 같은 번뇌의 날씬한 청춘으로 돌아갈 수 있는 건 아니다. 하지만 최소한 정돈되지 못한 머리를 남들에게 보이지 않아도 된다. 검은 벨벳 블라우스 소매를 장식하던 검정 장미를 떼내어 모자에 달아 지금도 겨울이면 애용한다.

그 모자는 이제 하얗게 변해가는 곱슬머리를 감춰주는 본분을 다하면서 덤으로 멋을 내기 위해 쓴다는, 기분 나쁘지 않는 오해까지 받게 하는 고마운 물건이 되었다.

제목이, 과거를 이야기하는 고고학과 미래를 예상하는 기상도로 합성된 〈고고학적 기상도 −20F〉라는 그림을 본 적이 있다. 그림 속의 수많은 중절모들은 영화 〈인디아나 존스〉의 주인공 모자를 닮았다. 고고학자의 머리 위에 자리했을 때 제일 잘 어울릴 것 같은 이 모자는 과거와 미래를 여는 열쇠로 인식된다. 중절모를 쓴 화가는 침팬지의 손을 잡고 있고 그의 모자와 침팬지의 머리에는 복숭아꽃이 피었다. 인간의 미래가 금속 사이보그와의 차가운 공존이 아닌 사람과 동물이 더불어 사는 따뜻한 유토피아로 다가온다.

중절모라 총칭되는 페도라는 영원한 남성 모자의 상징이었다. 우리 아버지 세대에서는 힘과 권위를 나타내주는 것으로 여겨왔다. 세월은 변하기 마련인가 보다. 둥근 테두리에 가운데가 높지도 낮지도 않게 솟은 이 모자를 젊은 여성들이 쓰기 시작했다. 엄숙함을 비켜난 경쾌하고 가벼운 그들의 모습이 보기 좋아 구입했다. 하지만 내 머리 위의 중절모는 좀체 세월의 무게를 벗지 못하고 생기를 잃는다. 중절모는 이제 젊은이들에게 어울리는 모자가 된 것 같다.

아직 결혼을 남의 이야기로 여기는 과년한 딸이 있다. 동화 같은 남의 나라 결혼식을 보며, 딸아이의 혼례 때 빛깔 고운 한복과 배자를 입고 머리엔 아얌을 쓴 내 모습을 그려본다. 하지만 신부 어머니가 그걸 쓴 모습은 한 번도 보지 못한 것 같다. 예법에 어긋나는 건 아닐까, 혼자 중얼거리다 실소를 금치 못한다. 지금 내게 절실한 건 인생살이에 아무 도움도 안 되는, 본말이 뒤바뀐 어이없는 걱정이 아니라 무남독녀인 딸과 백년해로할 믿음직한 사윗감을 고르는 일일 터이다.

연전 캐나다 건국 기념일 행사에서, 마치 캐나다 국기에 맞춘 듯 하얀 원피스에 단풍잎을 연상시키는 빨간 모자를 쓴 캐서린 빈의 모습을 영상으로 보았다. 퍽 인상적이었으나 며칠 전 신문 지면에 소개된, 민머리로 마트에서 카트를 끌며 장을 보는 그의 건강한 일상이 훨씬 더 멋스러운 것 같았다.

이 뜨거운 여름이 가고 나면 하얗게 센 나의 곱슬머리에도, 이제는 고마웠던 모자를 벗기고 청량한 가을바람과 햇살만을 씌워 주어야 할 듯싶다.

# 어떤 피서법

숨이 턱턱 막힌다. 700년 전 고려 문인 안축이 겪고, '온 세상이 모두 함께 용광로에 들어갔다'라고 묘사했던 혹독한 무더위가 연일 고스란히 재현되는 까닭이다. 창이란 창은 죄 열어놓아도 바람은 어느 조용한 산사에서 청청한 풍경 소리 들으며 안거중인지 이곳 시끄러운 도시에는 얼씬도 않는다. 머리 위에서 이글이글 타오르는 불덩이 때문에 열 발짝이면 닿을 슈퍼조차 가기 망설여진다. 이런 날엔 바깥일을 할 수 없으니 책이나 읽는다던 생전의 법정 스님을 떠올리며 어설프게 흉내를 낸다.

스님은 철학자 디오게네스의 통속같이 몹시 좁은 방에서 가사와 장삼을 입고 다탁 앞에 단정히 앉아 여름 한 철 경전을 한 자 한 자 짚어가며 묵독한다. 반면, 나는 왕자 알렉산더가 아리스토텔레스에게 학문을 배우던 공간 같은 제법 너른 거실에서 민소매 셔츠와 반바지 차림으로 선풍기를 마주한 소파에 안겨 일다경에 우리 옛이야기를 마파람에 게 눈 감추듯 내리훑는다.

옛날 어느 두메에 하도 떡을 잘 먹어 마을사람들에게 떡보라 불리는, 낫 놓고 기역자도 모르는 가난한 떠꺼머리총각이 살았다. 하루는 떡보가 장에 갔더니 담벼락에 커다란 종이가 붙어있고 사람들이 모여서 웅성거리고 있었다. 영문을 몰라 옆 사람에게 물어보니 중국에서 사신이 와 어려운 수수께끼를 내는데 그걸 맞힐 사람을 찾는다고 가르쳐주었다. 글을 못 배웠다고 그까짓 말장난 쯤 못 맞히랴 싶어 떡보는 대뜸 임금님 앞에 나가 자기가 풀겠노라며 큰소리를 쳤다. 조선 조정에서는 미어謎語를 맞힐 사람을 아무리 찾아도 모두 겁을 먹고 나서는 사람이 없어 걱정을 하던 참에 그를 내보내기로 하였다. 떡보는 아침밥으로 자그마치 다섯 양푼의 떡을 먹고 압록강 한복판에서 중국 사신과 만났다.

사신은 다짜고짜 손가락으로 동그라미를 그려 보인다. 떡보는 "옳지, 저 자가 오늘 아침에 동그란 떡을 먹었나 보네. 나는 네모난 떡을 먹었지" 하며 네모로 응수한다. 사신은 자신이 '하늘은 둥글다'는 의미로 동그라미를 그리니 상대는 '땅은 네모지다'는 뜻으로 네모를 나타냈다고 여기며 적잖이 기가 죽는다.

그 다음에 사신은 손가락 세 개를 펴서 흔든다. 떡보는 "응, 저건 제가 오늘 아침에 떡을 세 양푼 먹었다는 뜻이겠군. 난 다섯 양

푼을 먹었어." 하며 손가락 다섯 개를 펴서 화답한다. 중국 사신은 화들짝 놀란다. 자신은 유교의 덕목인 '삼강'을 아느냐는 의미로 손가락 세 개를 펴 보였건만 저는 '오륜'도 안다며 손가락 다섯 개로 대응한 것 아니냐고 추측한 것이다.

마지막으로 사신은 자기 수염을 슬슬 쓰다듬는다. 떡보는 "자랑할 게 없어 수염 자랑을 하냐? 그럼 난 떡 많이 먹어 부른 배 자랑이나 해야지!" 하며 자신의 부른 배를 쑥 내민다. 사신은, 한족에게 농사짓는 법을 알려준 신 '염제 신농씨'를 아느냐며 수염을 쓰다듬었는데, 저 자는 중국 고대 백성에게 어렵을 가르친 제왕 '태호 복희씨'도 알고 배腹를 내밀지 않았느냐며 무릎을 치고 감탄을 한다. 사신은 고개를 떨어뜨린 채 자기 나라로 돌아가고 떡보는 평생 맛있는 떡을 실컷 먹으며 잘 살았다.

강한 큰 나라 중국의 고관대작이, 약한 작은 나라 조선은 천민까지 하늘과 땅의 이치, 삼강오륜과 자신 나라의 고대 신에다 전설적 임금까지 꿰뚫을 만큼 박학다식하니 대신들의 수준은 가히 상상을 초월할 것이라며 슬며시 꼬리를 내린다. 그야말로 우리 민초에겐 아닌 밤중에 떡이고 중국 사신에겐 홍두깨이리라.

이 설화의 묘미는 모든 형편을 세상의 이치나, 유교적 덕목, 역사 등 학문과 관련된 것으로만 해석하는 중국 사신과 떡과 관련된 상황으로만 해석하는 떡보 사이에 엉뚱한 의사소통이 이루어지는 데 있는 것 아닐까. 민담은 대개 오랫동안 입에서 입으로 전해오며 흥미위주로 꾸며져 있고 비현실적이며 개연성 없이 멋대로 전개되는 측면이 있다. 하나, 이 옛이야기에서 일이 되어가는 모양을 보는 관점 차이에서 오는 오류로 인해 문제를 해결하는 장면을 대하니 그럴 수도 있겠다 싶어진다. 어린 시절 만화를 볼 때처럼 입이 귀에 걸린다.

예부터 걸핏하면 남의 제사에 감 놔라 배 놔라 하며 딴죽을 걸고 나서 조상들의 부아를 치밀게 했던 중국은, 요즘엔 사드 배치에 우리 군민을 자처하며 몽니를 부려 많은 국민에게 공분을 사고 있지 않은가. 십 년 묵은 체증이 내려간 듯 속도 시원해진다.

가끔씩 떡보가 보고 싶었다. 다시 만나 한껏 시시덕거렸더니 열대우림에 스콜이라도 내린 양, 찌는 듯 하는 무더위도 단박에 휘지고 만다.

# 열정 없는 여자

　화장대 앞에 앉는다. 온 얼굴이 주름살과 기미와 잡티로 덮여 있다. 피부는 중력을 거스르지 못해 축 처졌다. 모두 자연스런 변화의 과정으로 받아들이면서 자신의 모습으로 인정한다면 맨 얼굴로 다닐 수 있을 것이다. 하지만 그것들을 감히 드러내고 민낯으로 다닐 용기가 없다. 내면이 비어있는 탓일 게다. 세월의 흔적이 마구 흩어져 있는 얼굴에 파운데이션을 도포해 한 겹 씌운다. 컨실러를 덧발라 그 자취들을 감추려 애를 쓴다. 매끈하고 팽팽한 피부로 되돌리는 시술을 잠깐 생각해 보다 이내 고개를 가로젓는다. 탐탁잖지만 다 뜯어고치면 내가 아닐 성싶어진다.

　한참 얼굴을 뜯어보다 이젠 머리카락을 살핀다. 서리 맞은 까마귀 꼴이다. 늙은 흰머리나 젊은 검은 머리로 만들어 주자고 마음먹고 미용실로 발걸음을 옮긴다.

'천연 머리 염색 체험방'이란 이색 간판을 단 곳에 들어섰다. 혼자서 모든 일을 하는 원장과 머리를 맡기고 있는 사십대쯤으로 뵈는 여성이 수다 삼매경에 빠져있다. 여기는 종종 옛 여인네들의 빨래터 같은 데가 되기도 한다. 아니, 오히려 그보다는 훨씬 자유로운 곳일지도 모른다. 누구네 집에 숟가락이 몇 개인지조차 훤히 꿰뚫고 있는 그곳보다 낯선 이들끼리의 익명성이 철저히 보장되는 공간이기 때문이다. 두 사람은 하고 싶은 이야기들을 맘껏 풀어내는 데 거리낌이 없다. 그들의 대화를 듣는 재미에 내 차례를 기다리는 지루함도 잊는다.

원장은, 원래 집 안에서 조용히 살림만 했다. 우리나라가 국제통화기금에 구제금융을 요청했을 때 잘나가는 듯이 보였던 남편이 그만 실직을 하게 돼 이 일을 하게 되었다. 공교롭게도 하필 그 시기에 자궁을 적출하는 일을 겪었고, 그 수술 때문에 당뇨가 발생해 힘들다며 찡그린다. 그녀는 현재 가임기를 훌쩍 지나 이미 폐경기에 들어섰을 것으로 여겨지나 그 땐 겨우 마흔 남짓이었을 것이다. 지금까지 이런 생각을 하는 걸 보니 잃은 것에 대한 마음의 상처가 무척 깊었나 보다.

그녀는 잘 마른 수건을, 머리를 감긴 사십대에게 건넨다. 창백한 겨울 햇살에도 보송보송 잘 건조된 것 같다. 여성이 미소를 지으며 타월을 칭찬하자 감사하다며 표정이 밝아진다. 바깥에 널어 물기를 없앤 후 실내에서 히터를 틀어 놓고 거듭해서 말렸다며 입 꼬리가 올라간다. 이럴 땐 그녀의 사라진 자궁도 일에 대한 열정과 자긍심에는 아무런 반란을 일으키지 못하고 얌전한 듯하다.

손님인 여성은 발레를 전공했지만 지금은 합창단에서 활동 중이라 말한다. 알고 보니 나와 그리 많이 차이나지 않는 오십대 중반이다. 자기 관리에 철저한 듯 군살 없이 시원스레 쭉 뻗은 몸매를 가졌다. 주름 없이 탱글탱글한 얼굴이 제 나이보다 열 살쯤 젊어 보이게 한다. 남편은 의사이고 어디를 가든지 자신과 함께한다며 뿌듯한 미소를 짓는다. 딸은 예쁘고 늘씬하며 유명 탤런트의 모교에 재학 중이라 연기자가 될 것이라고 자랑한다. 모녀간에 함께 다니면 둘을 자매로 본다는 둥 젊음을 과신하며 아무런 고민 없이 들떠있다.

줄곧 듣기만 하던 나는, 조금 떨떠름해져 그들의 대화에 예의 없이 불쑥 끼어들었다. 발레를 전공했다면서 새해부터 우리나라 국립발레단의 단장이 되고 공연도 계속 할 것이라는 강수진 씨가 부럽지 않느냐며 심술궂게 물어 보았다. 여성은, 내 질문에 대한 답 대신 아직 무용을 하느라 결혼도 않고 세상과 단절된 채 살아가는 동창생 이야기를 꺼낸다. 그 친구는 모임에도 오지 않고 우정이 얼마나 큰 자산인지도 모르며 세상과 고립돼 산다고 했다. 반면에, 그녀는 결혼해 가정을 이루고 가족과 더불어 부지런히 살아간다. 지인들도 만나고 취미생활도 즐긴다. 그런 자신이 그 벗에 비해 훨씬 행복한 것 같다며 활짝 웃는다.

　여성은 원장에게, 아는 사람들 여럿이 커다란 꽃바구니를 들고 날마다 병문안을 왔다는 얘기를 한다. 어디가 아팠을까. 오래 궁금할 사이도 없이 쓸개에 종양이 생겼는데 혹이 그 작은 장기만큼 커져 절제수술을 받았다고 무용담처럼 씩씩하게 늘어놓는다. 염색이 끝나자 바람이 불면 드러나곤 했던 흰 머리카락이 없어지니 자존감이 살아나는 것 같다며 흡족해한다. 제 자랑을 하고 철은 좀 없어 보여도 세상을 긍정적으로 보고 주관도 꽤 뚜렷한 것 같았다. 무엇보다 제게 주어진 생을 열렬히 사랑하는 것처럼 느껴졌다.

　나는, 예순 넘어서까지 정년이 보장되어 있는 직장을 마흔 초반에 그만두었다. 경쟁에서 벗어나 홀가분해진 것도 잠시, 왠지 세상 밖으로 밀려난 것처럼 여겨졌다. 그렇다고 남편과 자식, 집안 살림에 인생 전부를 건 것도 아니어서 무엇에서 보람을 찾아야 할지 알 수 없어졌다. 그 무렵부터 삶을 낯선 세계에 관광 온 구경꾼 같은 심정으로 살아오는 일이 더 많아졌다. 신체의 장기를 하나씩 잃고도 자신의 일에서 혹은 가족과의 관계에서 보람을 느끼며 열심히 사는 사람들. 그들이, 모든 내장의 기관들을 고스란히 다 움켜쥐고 살면서도 맹물처럼 미지근하게 사는 '열정 없는 여자'인 나보단 나은 생을 사는 것이 아닌가 싶어졌다.

　흔히 가슴에 손을 얹은 채 마음의 소리, 머리와 상관없는 내면의 울림을 듣는다고 한다. 그러나 마음을 관장하는 것은 심장이 아닌 뇌라는 과학적 연구 결과가 있다. 열정 없이 여행자나 방관자 같이 사는 나는 머릿속의 치열한 불꽃을 관장하는 어떤 기관이 나도 모르게 슬그머니 달아나 버렸기 때문은 아닌지 모르겠다.

어쩌면 내 것이었던 적이 없었던 건 아닐까 싶게, 지나온 세월을 헤집어 보아도 치열하게 살아 온 시간들이 보이지 않는다. 하지만 기억이 나지 않을 뿐일 것이다. 불타오르는 듯 하는 세찬 감정을 갖고 살았던 적도 아주 없진 않았으리라. 오늘따라 소리 없이 가버린 내 젊음보단 가뭇없이 스러진 내 열정이 더 아쉽다. 오래 전 드물게 내 것이었던 적도 있었을 그 감정을 안타깝게 부른다.

언젠가 머릿속을 빠져나간 열정이 되돌아오면 나의 허한 내면도 채워질 것 같다. 그 땐 내 앞에 놓인 생을 참 열심히 살 수 있을 성싶다. 분칠하지 않은 민낯을 부끄러워하지 않아도 될 듯하다. 염색 않은 흰 머리카락도 바람에 내맡기며 걸어가게 될 것 같다.

# 요즘 젊은것들, 참 괜찮다

옛 어른은 제 자식을 함부로 갚지도 말라고 가르쳤다. 극소수이기는 하나 어찌 부모라는 사람이, 생살여탈권을 손에 쥔 봉건사회의 노예 주인처럼 굴 수 있을까. 자녀는 부모의 소유물이 아니다. 하나의 인격체로서 존중받고 사랑받아야 할 존재이다. 그들 탓에 실종된 '부자유친'이라는 덕목을 공개수배하고 대대적인 수색을 벌여야 할 것 같다.

오늘도 세 끼를 뱃속으로 들여보내며 새끼를 걱정한다. 밥이나 제대로 챙겨 먹고 다니는지⋯⋯.

-「부자유친」 중에서

나무 비행기

# 함께 꾸어야 할 꿈

해가 바뀌자 말자 사흘간 두 차례의 눈이 쏟아졌다. 모자를 푹 눌러 써 귀를 가리고 목도리를 입까지 올려 무장을 하고서 아파트 화단의 꽃과 나무들을 찾아갔다. 제법 꿋꿋해 보인다.

은행나무와 단풍나무, 벚나무가 잎들을 훨훨 벗어버린 작년 십일월 중순쯤이었다. 대여섯 그루의 백목련과 자목련이 두꺼운 비늘을 송아지 털로 감싼 것 같은 꽃눈들을 피웠다. 날이 점점 매워져 오자 얼어 버리면 어쩌나 마음이 쓰여 일부러 그 길로 오가며 안부를 챙겼다. 목련나무는 찬 눈 속에 발을 묻었으나, 오종종한 망울들에게 화사하게 벙글 때를 기다리라고 일러주는 듯 의젓하다.

지난해 연말 급우들의 협박과 폭행을 못 견딘 지역의 한 중학생이 스스로 목숨을 끊은 사건이 일어났다. 아이는 유서에서 자기 집의 현관문 번호를 알고 있는 가해학생들이 함부로 드나들지 못하게 도어 키의 넘버를 바꾸라고 당부했다. 그들이 물건을 훼손하거나 간식거리를 먹어치워 아버지와 어머니, 형을 불편케 할 것을 염려했기 때문이었다. 살아 있으면 가해청소년들의 요구를 위해 많은 용돈을 청해야 하고 게임을 대신해 주느라 공부를 게을리 하는 불효를 끼치게 될 것이기에 이 길을 택한다고 했다. 얼마나 괴롭고 힘들었으면 남겨질 가족을 그렇게 걱정하면서 생명을 던져 버렸을까. 부모에게는 자식의 존재 자체가 효인 것을 미처 알지도 못한 채 그렇게 생을 마감해 버렸다.

아무리 큰 고난이 닥쳐도 이 세상에 태어났으니 살아남아야 하지 않으랴. 꽃들은 활짝 피어 누리를 아름답게 하는 것이 그들의 일이다. 아파트 목련의 꽃눈들은 봄이 되면 생명들을 피우기 위해 올 겨울의 혹독한 추위를 견뎌내고 있는 것이다. 프랑스 작가 조르주 상드는 "삶이라는 책에서 하나의 장만 찢어 낼 수는 없다"고 했다. 아이는 절망과 좌절의 한 페이지를 이겨내지 못하고 가슴 설레고 빛날 긴 미래를 기록조차 못 해보고 스러져 갔다. 아이가 생의 약언을 지킬 수 있게 도와주지 못한 못난 어른들은 슬프고 부끄럽기만 하다.

아이의 어머니는 수면제를 먹지 않으면 한숨도 잘 수 없고, 아버지는 말수가 부쩍 줄고 한숨만 쉬며, 형은 집에 오면 말없이 눈물만 흘린다고 한다. 가족은 아이가 보고 싶어 추모공원을 자주 찾는다고 했다. 그는, 제가 머물던 곳을 찾아 울고 있는 그들을 달래고 있을지도 모른다. 자신의 영혼은 '아메리칸 인디언의 기도'에서처럼 '부는 바람과 따스한 햇살과 빛나는 별'이 되어 거기를 떠났다며. 하지만 그가 보고 싶은 가족들은 그의 음성을 듣지 못하고 터지는 울음을 멈출 수 없을 것이다.

가해청소년들은 함께 살아가야 할 친구의 목을 라디오 줄로 묶어 방바닥의 과자 부스러기를 주워 먹게 하는 모욕적인 행동을 했다. 비인간적인 물고문도 했다고 들었다. 그들은 동무를 세상 밖으로 밀쳐낸 뒤 아무런 죄책감도 느끼지 못하고 '샘한테 혼나면 머라 카지.', '감방에 안 간다.' 등의 문자를 주고받았다 들었다. 아무리 사리분별 못 하는 어린것들이라고 하지만 자기들의 안위에만 급급해 극도의 이기심을 보인 가해자들. 신문은 그 가해학생들을 '평범한 아이들'이라 했다. 또래를 죽음에 이르게 한 학생들을, 머리에 뿔이 난 것도 아니고 이마에 특별한 표식이 새겨져 있는 것도 아니라서 그렇게 말하는 걸까.

아이가 죽은 후 한 달 뒤 쯤 가해학생들이 구속 기소되었다고 들었다. 그때서야 어쩌면 그들 또한 부모의 맹목적인 사랑과 삭막한 경쟁에 내몰린 또 다른 피해자일 수도 있겠단 생각이 들었다. 그들은 앞에 놓인, 마구 헝클어진 긴 인생을 어떻게 풀어 나가야 할까. 이십 일 쯤 후 그들에게 실형이 선고 되었다는 보도를 접했다. 안타까웠다. 아직 용서 되진 않으나 처벌을 받고 뉘우침의 긴 시간들을 거쳐 새사람으로 다시 태어나 부모와 교사의 품으로 돌아가야 하지 않겠는가.

학생들이, 학교는 강자만 살아남는 정글 같은 곳이거나 일부 비열한 어른들이 사는 혼탁한 세간의 축소판이 아닌 상생의 터인 것을 배웠으면 좋겠다. 청소년들 스스로도, 또래에게 소속되고 인정받고 싶은 욕구가 건전하게 표출 되도록 나서고 있다 한다. 폭력이나 왕따 같은 비겁하고 옳지 못한 행동을 못 본 체 회피하지 않고 넘겨 아파하는 아이에게는 손 내밀어 주고 어깨를 빌려주며 대한민국의 빛이 되고 싶다고 말한다. 남을 도와주면서 자신도 함께 성장하겠다고 한다. 엄동설한에 납매가 피었다던 소식에 비할 데 아니게 반갑다.

문제아동 뒤엔 문제부모가 있다고 하지 않는가. 부모들부터 변화해야 할 것 같다. 아이들을 공부에만 내몰거나 그들이 게임만 하지 않도록 노력해야 할 것이다. 학원만큼은 그들에게 다닐 것인지 안 다닐 것인지 그 선택권을 주어보자. 혼자 하는 학습을 더 선호하는 학생도 있을 것이다. 함께 책도 읽고 운동도 하고 음악회나 전시회도 가보고 집 가까운 박물관에도 찾아가는 즐거움을 알게하면 어떨까. 반려동물과 지내며 생명의 귀중함을 알게 되면 더 좋을 듯하다. 아버지와 어머니가, 자신의 인권이 소중한 만큼 타인을 존중하는 생활을 한다면 아이들도 체득할 것이다. 양친의 꾸중이 무서워 자기 방어로 거짓말도 하는 아이의 말만 믿고 교사를 불신

하지 않는 지혜도 갖추었으면……. 부모 노릇만큼 어려운 일도 없으리라.

교육청은 교육감이, 죽은 아이의 유서를 읽자 온통 울음바다가 됐다고 한다. 유서를 읽고 우는 것 외에 아무런 의지처가 되어 주지 못한 어른들은 참담하다. 교사를 포함한 많은 사람들은, 대부분의 십대들이 바라는 대로 가족과 살갑게 대화하고 그들끼리 건강한 수다를 떨며 맛있는 음식을 나누는 소박한 바람을 이루어 주고 싶었지만 아무런 도움도 주지 못했다.

육십여 년을 살아오는 동안 계절이 그 순환을 멈추는 것은 보지 못했다. 올 겨울 어느 해보다 무시무시한 동장군이 찾아왔다. 하나, 상냥한 얼굴의 봄 아가씨 앞에서는 난로 가에 세워 놓은 눈사람같이 녹고 말 것이다. 부드러워진 흙에선 아기의 고운 젖니 같은 새싹이 돋고 조용했던 가지에서도 연둣빛 잎이 얼굴을 내밀 것이다. 목련은 제 나무의 잎들보다 먼저 캄캄한 겨울 동안 황금빛 눈들이 모여 꿈꾸던 대로 하얀, 자줏빛의 꽃 폭죽을 터뜨릴 것이다.

혼자 꾸는 꿈은 꿈일 뿐이지만 더불어 꾸는 꿈은 실현된다고 하지 않는가. 봄이 오면, 학교가 아이들에게 무섭거나 따분한 곳이 되지 않았으면 좋겠다. 올곧고 기쁜 사람살이의 장이 되기를, 서로를 돌아봐 주는 돌봄의 공간이 되기를 어른들도 두 손을 모은다.

# 부자유친

단잠 깨지 말 것을 아이울음 소리노라
젖줄 곤고노라 매양 우는 아이 같와
이 누고 저 누고 하면 어른답지 아니라

    사백여 년 전 어느 해 흉년이 들었던 모양이다. 옳게 먹지 못한
어미가 젖이 잘 나오지 않은 탓에 아이도 배를 곯아 잠을 이루지
못하고 칭얼댄다. 그 바람에 역시 제대로 먹지 못한 채 종일 밭 갈
고 씨 뿌리느라 곤했을 아비가 잠에서 깨어 사정을 잘 알면서도 이
게 누구냐, 저게 누구냐 하면서 어린 아이와 맞서 짜증을 낸다. 시
조의 작가인 송강은 이런 행동은 어른으로서 점잖지 못하다며 나
무란다. 조선 중기의 조혼 풍습에 비추어 볼 때 작품 속의 아비와

어미는 어쩌면 내가 이 시조를 배웠던 열 일고여덟쯤이었을 듯하다. 작가는, 나이 어린 어버이들에게 아무리 사람살이가 힘들다 하여도 제 자식을 값지 말고 옹근 사랑으로 돌보라고 이른다.

모르는 게 차라리 더 나을 뉴스들이 자꾸 전파를 탄다. 추운 겨울에 신발도 신지 않은 채 반바지를 입고 있는 작은 아이가 두리번거리며 슈퍼마켓 안을 서성거리더니 바닥에 주저앉아 과자를 꺼내 먹는다. 아이는 뼈만 앙상했고 상처도 있었다. 이상하게 여긴 주인의 신고로 친아버지가 집에 가둬 굶기고 상습 폭행한 게 밝혀졌다. 이 일을 계기로 초·중학생 장기 결석자 파악이 시작됐고 친부모들의 끔찍한 범행들이 줄줄이 그 모습을 드러냈다. 3040대 부모들이 어린 자녀를 학대하고 폭행하여 숨지게 하고 시신을 훼손해 남의 눈을 피하려 먹을거리를 보관하는 냉장고에 유기했다, 방에 방치해 백골이 되게 하거나 야산에 몰래 묻었다는 얘기들이 이내 뒤따랐다. 그들은, 저들 몸 부지하기도 힘든 세상에 자식이라는 게 학교생활에 적응 못하고 친구들과 싸우는 문제아였고 고집이 세어 말을 듣지 않고 가출을 일삼았다며 자신들의 폭력을 정당화했다. 부모이기에 앞서 인간으로서도 도저히 할 수 없는, 극도로 잔혹한 반인륜적인 범죄들이 왜 일어나는 것일까. 사도세자를 뒤주에 가둬 죽인 영조의 이야기가 뇌리를 스친다.

나경언이라는 자의 고변이 있었다. 그는, 사도세자가 무고한 사람 100여 명을 직접 살해하고 영조를 해치는 반역 행위를 꾀하려

했다며 왕을 직접 만났다. 영조 38년 창경궁 운정전 앞 뜰에서 임금은 아들에게 칼을 휘두르며 자결을 명했다. 신하들이 이를 말리자 세자를 폐하여 서인으로 삼았다. 영조는 밧소주방의 쌀 담는 궤를 내라 하여 아들을 가뒀다. 뒤주는 선인문 앞으로 옮겨졌고 갇힌 세자는 8일 만에 생을 마감하였다.

뜨거운 햇볕 아래 놓인 궤 속에서 사도세자는 괴롭고 힘들어 마구 비명을 질렀다. 선인문 안쪽 금천 옆의 400년 된 회화나무는 세자의 비명을 듣고 줄기가 휘고 비틀렸으며 마음이 너무 상한 나머지 나무의 속이 썩어 없어졌다는 이야기가 전해진다. 영조에게 제 자식을 죽여 달라 읍소한 생모 영빈 이 씨는 아들이 죽자 그의 삼년상을 치르고 그 뒤를 따랐다.

사도세자에 대해서는, 죽을 당시 스물일곱의 나이로 죄 없는 사람을 수없이 살해하고 모반까지 고발당했으며, 어머니까지 그의 죽음을 간구했으니, 아버지인 영조가 종묘사직을 위해 대처분을 내릴 수밖에 없었다고 여기는 견해가 지배적이다. 하나, 이 시대의 부모들에 의해 죽어간 아이들은 그냥 그들의 말을 좀 듣지 않는 '어린 것들'에 지나지 않을 뿐이지 않은가. 참척을 자행한 그 부모들 중 상심한 나머지 속이 문드러졌다거나 자식을 따라 죽은 이가 있었다는 소식은 듣지 못했다. 도리어 모두 범행을 철저히 숨기고 아무 일 없었다는 듯 태연히 일상을 영위해 나갔다고 한다.

자식을 죽인 한 부모가 범행을 은폐하기 위한 도구로 사용한 냉

장고는 한동안 오명을 뒤집어썼다. 얼마 뒤 전북 전주시 주민센터의 입구에서 빈곤 계층의 사람들을 위해 반찬과 과일 등을 제공해 '사랑이 꽃피는 냉장고'로 다시 태어났다. 사도세자가 갇혀 죽어간 뒤주는 그 후 일물一物이라 불리며 입에 올리기조차 민망한 물건이 되었다. 영조 52년 류이지 공이 지리산 자락 구례에 운조루라는 고택을 짓고 곳간채 앞에 커다란 쌀뒤주를 앉혔다. '타인능해他人能解'라는 글씨를 새겨 양식이 없는 사람은 누구라도 쌀을 퍼 갈 수 있게 하였다. 일물이라 불렸던 뒤주는 이 쌀 궤 덕분에 신원이 복원되었다. 오늘, 인간이기를 포기한 부모들과 철없는 어린 자식들 간의 관계는 어떻게 해야 회복이 될까.

조선조의 학동들은 천자문을 익히고 난 후 『동몽선습』을 배웠다. 아이러니하게도 영조대왕이 친히 그 책의 서문(御製童蒙先習 序)을 써서 널리 배포하였고 현종 이후 왕세자 교육에도 사용되었다. 동몽선습은, 천지 사이에 있는 만물의 무리 가운데 오직 사람이 존귀하다. 사람을 귀하게 여기는 까닭은 오륜이 있기 때문이라 하였다. 맹자는 오륜 중 부자유친父子有親을 제일 먼저 들어 아버지와 자식 사이에는 친애함이 있어야 함을 말한다. 부모는 자식을 낳아서 기르고 사랑해야 한다고 가르친다.

취업의 기쁨도 잠시, 날마다 출퇴근길을 눈물로 보낸다며 자기가 흘린 눈물로 가뭄도 해소할 정도라고 하소연하는 어느 회사원의 이야기를 들었다. 8년째 타지에서 제 밥벌이를 하는 딸아이도 해갈에 한몫 했으리란 짐작에 명치께가 아릿했었다. 세상의 모든 부모들은 자식들을 받아들이고 사랑해야 하는 숙명을 지닌 종족이며 그들의 마지막 보루가 되기를 원하는 족속이라 여겼었다.

옛 어른은 제 자식을 함부로 값지도 말라고 가르쳤다. 극소수이기는 하나 어찌 부모라는 사람이, 생살여탈권을 손에 쥔 봉건사회의 노예 주인처럼 굴 수 있을까. 자녀는 부모의 소유물이 아니다. 하나의 인격체로서 존중받고 사랑받아야 할 존재이다. 그들 탓에 실종된 '부자유친'이라는 덕목을 공개수배하고 대대적인 수색을 벌여야 할 것 같다.

오늘도 세 끼를 뱃속으로 들여보내며 새끼를 걱정한다. 밥이나 제대로 챙겨먹고 다니는지…….

# 요즘 젊은것들, 참 괜찮다

요즘 젊은이들은 정직하고 영민하다. 자유분방하고 생기발랄하며 유쾌하다. 이웃을 위해 봉사하고 열심히 공부하며 나름의 비전과 건전한 사고를 지니고 있는 것 같다.

그들은 고조선 건국 이후 최고로 똑똑한 집단일 성싶다. 소설가 김영하가 그의 소설, 『퀴즈쇼』에서 '단군 이래 가장 공부를 많이 하고 외국어도 능통하며 첨단 제품을 레고 블록 만지듯 한다. 거의 모두 대학을 나오고 토익점수는 세계 최고 수준'이라고 표현한 구절에 무한 공감한다.

늙은이들은, 젊은이가 사치를 좋아하고 버릇이 없으며 권위를 무시한다고 말한다. 어른을 공경하지 않고 부모나 선생의 말을 듣지 않는다며 불평을 늘어놓는다. 게으르고 자기 외에는 관심이 없으며 교훈대신 잡담을 좋아한다며 흉을 본다. 하지만 이런 모습은 잊고 있었던 예전 젊었을 적의 자신의 모습이기도 하지 않은가. 약 일만 년 전 구석기 시대의 알타미라 동굴 속에도 있었다던 '요즘 젊은것들'에 대한 개탄 글은 늙은이들의 심술에 지나지 않을 듯하다.

젊은이들이 멋지고 근사한 유명 연예인을 모방한 듯 상의만 걸친 것 같은 차림으로 다녀 하의의 행방을 이리저리 수소문하게 하여도 나는 전혀 개의치 않는다. 한여름, 젊은 여성들이 가슴 부위만 겨우 가린 차림을 해도 그들이 품위 없기는커녕 경쾌하기만 보인다. 아직 앳돼 보이는 연인들이 바로 눈앞에서 클림트의 관능적인 그림 〈키스〉의 남녀 행동을 그대로 재연해 시선 처리에 어려움을 느껴도 내가 촌스러운 탓이라 여긴다. 길거리에서 뒷모습만 보고는 백인들과 전혀 구별 되지 않는 금발 황색인들을 자주 본다. 한데, 노란 머리카락마저도 젊은 그들과는 묘하게 어울리는 듯하다.

누구를 흉내 내느라 그랬을까. 나의 스무 살 시절은 아찔한 높이의 구두에도 발이 실종되는 긴 통바지를 입어 온 동네의 먼지를 쓸고 다닌다는 아버지와 어머니의 꾸중과 함께 지나갔다. 마흔 후반 즈음에는 모딜리아니가 그린, 목과 어깨와 등이 훤히 드러나는 검정 원피스에 빨간 머리를 한 젊은 여인을 보고 혹했다. 그녀의 젊음과 가냘픈 긴 목, 여윈 어깨와 등이 나이 들고 여기저기 뒤룩뒤룩 살진 내 몸과 심하게 대조돼 그런 옷은 입을 엄두를 못 내었지만, 머리카락은 빨강색에 가까운 진홍빛으로 물들였다. 남편은, 장인어른께서 그렇게 혈통을 자랑하시는 조상님들 중 아이리쉬, 곧 아일랜드인도 있냐며 불편한 기색을 감추지 않았다. 또한 젊은 시절 연애를 했다면 나 역시 기성세대의 눈에 들지 않는 이런저런 행동들을 하지 않았으리라 장담할 수 없을 것 같다.

윗세대뿐만 아니라 겨우 여섯 살 많은 남편이 보기에도 나는, 역사 속에서 특수한 품성을 지닌 찰나적 세대인 '요즘 젊은것들'이었다. 이젠 품과 길이가 적당한 정장바지를 입고 무지개 색으로 물들였던 머리는 검정으로만 염색하며 조신하게 생활하고 있다. 물론 그 때 일은 까맣게 잊었다.

유행은 곧 지나가기 마련일 것이다. 하지만 '요즘 젊은것들'의 이상한 어법은 몹시 걱정스럽다. 그들의 차림과 행동은 눈에 곧 익을 터이지만 황당한 말투는 귀에 영영 생경한 채 넘어갔으면 싶다.

물건을 사니 직원이 "계산 도와 드리겠습니다." 한다. '휴대 전화의 계산기라도 찾아 두드려야 하나' 하는 사이에 직원이 혼자 셈을 마친다. 옷가게에서 파란색과 검정색을 두고 망설이니 점원이 "고객님은 파란 색상이신 게 더 어울리네요."라 말하고, 커피 매장의 직원은 상냥한 말투로 커피 한 잔은 삼천 원이시고 시럽은 저쪽에 있으시다며 친절히 위치를 알려준다.

아파트 앞에서 비둘기 두 마리가 아무것도 없는 빈 땅을 쪼아댄다. 느닷없이 "go away" 하는 아이의 새된 목소리가 들렸다. 돌아보니 서너 살 쯤 돼 보이는 우리나라 아이가 제 아빠 손을 잡고 있다. 갑자기 영어가 터져 나온 걸 보면 부모와 함께 영어권 나라에서 살다 온 모양이다. 이런 경우 부모들은 영어를 잊어버리지 않게 하기 위해 그 사용을 강권한다고 들었다. 모국어는 저절로 습득 된다고 생각하는 모양이다. 앞으로 저 아이는 국어 공부를 제일 힘들어 하며 재미있는 우리 전래동화도 읽으려 하지 않을지도 모르겠다.

"저, '뇌섹남'이 '먹스타그램'에 올려놓은 '인생 짤' 봤어?" 이 말은 "저, 뇌가 섹시해 지적인 남자가 '음식사진을 소셜 네트워킹 서비스'에 올려놓은 '인생에 한 번 있을까 말까 할 정도로 잘 나온 사진' 봤어?"라는 뜻이라 한다. 마치 외계 언어를 듣는 듯하다. 이쯤 되면 늙은 세대와 젊은 세대 간에 우리말 번역기라도 있어야 할 정도이지 않은가.

옛날부터 시고 떫은맛이 강해 못 먹는 살구나 못난 사람을 일러 개살구라 했었다. 이처럼 '개'라는 접두어는 좋잖은 의미로 쓰였었다. 하지만, 요즘 젊은 그들에겐 무척 좋은 뜻으로 사용 된다 들었다. '개 좋다'가 '무척 좋다'는 의미라나 뭐라나. 기성세대에 대한 반발심 탓일까, 세대 간 언어의 골은 시간이 지날수록 깊어만 가는 듯하다.

그들의 '참을 수 없는 언어사용의 가벼움'이 몹시 못마땅하다. 당연히 영어보단 모국어를 우선순위에 두어야 하지 않을까. 실없고 경솔하며 문법이 파괴된 말이 그대로 그들의 생이 될까 염려스럽다. 젊은 세대가 바른 말을 썼으면 한다. 말이 곧 사람살이의 잣대일 듯해서이다.

  그들의 어법만 제외하면 한때 젊은이였던 나도, 생전의 장영희 교수처럼 젊고 똑똑한 그들을 향해 "요즘 젊은것들, 참 괜찮다!"라고 말하고 싶어진다.

# '까톡' 대신 '까꿍'을

버스 안 맨 앞좌석에 앉았다. 젊은 엄마가 아기를 앞으로 업고 스마트폰에 시선을 고정시킨 채 차에 오른다. 원래 어린애라면 사족을 못 쓰는 성격이라 자꾸 눈이 갔다. 그녀는 내 바로 맞은편 좌석에 자리하더니 연이어 울려대는 까톡에 답하느라 고개를 푹 숙이고 손가락만 쉴 새 없이 움직인다.

아직 돌도 안 돼 뵈는 똘망똘망하게 생긴 아기는 심심한지 실내를 이리저리 두리번거린다. 그러더니 제 엄마를 뚫어져라 쳐다본다. 그래도 그녀는 여전히 폰 삼매경에 빠져 어린 아들은 안중에도 없다. 아이는 쓰고 있는 모자를 제 손으로 벗기려고 낑낑대며 엄마를 바라본다. 그녀는, 시선과 오른손은 폰에 고정시킨 채 왼손으로 모자를 벗겨 아기 띠에 끼운다.

저 엄마만 아직 모른다. 아이가 조금만 더 크면 아무리 같이 놀자고 해도 안 놀아 준다는 걸, 그 때부턴 또래들만 찾는다는 걸, 자식이 엄마바라기를 하는 순간이 얼마나 짧은지를. 연신 엄마의 주의를 끌려고 노력하지만 번번이 실패하는 아기가 안쓰럽다.

"도리도리" 하며 내 얼굴을 숨겼다 갑자기 내밀며 "까꿍" 하고 인사를 건넸다. 까르르 웃으며 화답하는 녀석에게 내친 김에 짝짜꿍, 쬠쬠, 곤지곤지, 딸아이 키울 때 해 보고는 수십 년 동안 잊고 있었던 동작들을 선보이며 재롱을 떨었다. 아기는 고 앙증맞은 작은 손으로 잘도 따라한다. 어쩌면 버스 안의 많은 사람들이나 녀석의 엄마는 주책없는 노인네라 생각했을지도 모르겠다.

한참을 함께 놀았다. 그 엄마는 내릴 때서야 겨우 내게 희미한 미소를 보낸다. 나와 아기는 손을 흔들며 "안녕" 인사를 나눴다.

아직 손자가 없는 탓일까. 무심한 엄마에게서 녀석을 며칠만이라도 빼앗아 내 품에 안고 놀아주고 싶다. 버스에서 내리는 아기 엄마의 뒷모습을 보며 나는 간절히 주문을 건다.

"아기 엄마, 폰에게 '까톡까톡' 하는 대신에 아기에게 '까꿍까꿍' 하세요."

# 누구나 쓰지만 아무나 쓸 수 없는 수필

〈이경재의 작품 세계〉

수필가 _ 곽 홍 렬

## 1. 글을 시작하며

노인 한 명이 세상을 떠나는 것은 도서관 하나가 사라지는 것과 같다는 말이 있다. 그만큼 나이 든 사람의 지혜와 경륜은 우리 사는 세상에서 크나큰 가치를 가졌다는 뜻일 게다.

필자는 평소 생전에 책 한 권을 남기는 일도 작가 본인으로서는 도서관 한 채를 짓는 것과 같은 의미를 지닌다는 믿음을 갖고 있다. 아니, 어쩌면 도서관 한 채보다 더 귀한 값어치를 가진다고 할 수도 있을지 모르겠다. 도서관이야 흐르는 세월 따라 언젠가는 허물어지고 말 터이지만, 책은 세월의 물살에도 쓸리지 아니하고 영원히 생명을 이어갈 것이기 때문이다.

요즘 세상은 책 출간 환경이 예전과는 견줄 수 없을 만큼 좋아져서 그렇지, 조선 시대만 하더라도 책을 낸다는 것은 결코 녹록한 일이 아니었다. 출간 여건 자체도 매우 어려웠을 뿐만 아니라 지금과는 비교가 되지 않을 만큼의 엄청난 비용이 소요되었다. 그러기에 자기 이름으로 된 책 한 권을 내는 것은 무가보無價寶한 가치로 받아들여졌다.

역사가 생겨난 이래 한량없는 인생들이 나고 꺼지고 나고 꺼지고를 되풀이하는 동안 이 세상에 잠시 왔다 갔다는 증표로 이름 석 자라도 남아 있는 인생이 과연 얼마나 될 것인가. 오늘날이 아무리 책의 홍수 속에 살고 있는 시대라고는 하지만, 모래알만큼이나 많고 많은 사람들 숫자에 비한다면 그래도 분명 광석 속에 점점이 박혀 있는 금맥만큼이나 귀하디귀할 것임이 틀림없으리라.

그 값진 이름으로 전하는 존재는 필시 자기의 이름으로 된 책을 남긴 인물들이다. 재물은 그것이 아무리 많더라도 한순간에 사라지고 말지만, 문자로 남겨 둔 글은 영원성을 확보하게 된다. 옛날 조상들 가운데서 오늘날까지 이름 석 자가 전하는 이들은 문집을 남기고 떠난 어른들이 아닌가. 호랑이는 죽어서 가죽을 남기고 사람은 죽어서 이름을 남긴다는 속담도 있지만, 그 속담을 가장 확실히 증명해 줄 수 있는 것이 책을 남기는 일이 아닐까 한다. 이런 까닭으로 해서 책은 세상 그 무엇보다 소중한 것이며, 이 점이 책이 존중 받아야 마땅한 이유라는 생각이다.

이경재 작가가 다년간에 걸쳐서 혼을 쏟아 세상에 선보이는 수필집 『나무 비행기』도, 그러기에 금전으로는 결코 환산할 수 없는 보배로운 값어치를 지닌다고 하겠다.


## 2. 다양한 화소가 주는 지적知的 즐거움의 감동

수필이 독자에게 주는 감동의 종류는 크게 두 가지로 나누어볼 수 있다. 곧 그 하나는 정서적 감동이고 다른 하나는 지적 감동이다. 정서적 감동이 대중가요에서 받는 감동 같은 것이라고 한다면,

지적 감동은 클래식 음악에서 받는 감동 같은 것이라고나 할까. 따라서 이 두 감동 가운데 정서적 감동보다는 지적 감동이 한층 차원이 높은 감동이라고 하겠다.

새 밀레니엄 시대의 도래와 함께 수필가가 기하급수적으로 늘어났고, 그로 인하여 여러 가지 문제점이 도출되고 있다. 그 가운데 가장 큰 문제는 작품의 질적 저하이다. 요즈음 각종 문예지와 수필 전문지에 발표되는 수필들을 보면 지극히 개인적인 사생활을 그저 이야기 중심으로 서술해 놓은, 값싼 감정의 배설 수준에 그친 글들이 난무한다.

문학 창작에 있어 영원한 고전으로 불리어질 수 있는 구양수의 삼다三多, 곧 다독, 다작, 다상량多商量의 법칙이 거의 지켜지지 않고 있음은 지금 우리 수필계의 민낯이며 불편한 진실이다. 책은 아예 말할 것도 없고 남의 글조차 도무지 읽지 않는다. 비단 읽지 않을 뿐만 아니라 작품도 옳게 쓰지 않고, 설사 쓴다고 하더라도 상이 고이지 않은 상태에서 마구잡이로 펴낸다. 그러다 보니 제대로 된 수필 작품을 찾아보기 힘들다.

수필가 김문억은 "수필가는 잡학박사가 되어야 하고 그런 수필가라야만이 좋은 작가 소리를 들을 수 있다."라는 말과 함께 "한마디로 독서체험이 깔려 있지 않은 수필은 단조롭다. 건조하다. 맛이 없다. 윤이 나지 않는다. 마치 양념이 들어가지 않은 음식과 같다고나 할까."라고 하여 독서의 중요성을 역설하고 있다. 그의 이러한 표현은 요즈음 수필들에서 보이는 지적인 빈곤을 에둘러 질타하는 소리로 들리기도 한다.

단언컨대 이경재 수필가는 이 같은 문제에서 자유롭다. 그의 수필이 지니는 가장 돋보이는 미덕은 독자들에게 제공하는 지적 즐거움이다. 따라서 그의 작품들에서 받는 감동은 정서적 감동보다는 지적 감동 쪽에 가깝다. 이는 그의 엄청난 독서량에서 충분히 가량이 되고도 남는다. 그가 얼마나 많은 독서를 하며 또한 독서에다 생의 의미와 가치를 두고 있는지 「운이 좋은 사람」이라는 짤막한 수필 한 편이 여실히 보여준다.

제가 정말 운이 좋은 사람이라고 생각하는 건, 책읽기를 즐긴다는 것입니다. 읽고 싶은 책은 꼭 집으로 데려와 곁에 둡니다. 줄도 긋지 않고 귀퉁이를 접거나 하지도 않고 아주 곱게 다루지요. 구두나 모자를 사는 것보단 책 들이는 걸 더 좋아합니다. 몇 년째 입지 않는 옷이나 사용 않는 신발, 모자는 과감히 폐기처분하지만, 책은 읽지 않아도 버리지 못합니다.

〈중략〉

한살이를 끝내는 날까지 부지런히 읽고 싶습니다.

'독포인포'라지 않습니까!

'독포인포'는 만들어진 사자성어로서, 독서를 포기하면 인생을 포기하는 것이라는 뜻으로 쓰인다. 그만큼 독서가 중요하다는 사실을 역설하고 있는 문구일 터이다. 오늘날처럼 책이 천시 받는 시대가 언제 또 있었던가. 이런 세태에서 그의 지독한 책 사랑은 진정 돋보이는 삶의 자세이며 동시에 무척 바람직한 창작 태도가 아닐 수 없다.

수필은 누구나 쓰지만 지적인 수필은 아무나 쓸 수 없다. 충분한 독서가 뒷받침되지 않고서는 접근하기가 어려운 것이 지적 수필이기 때문이다. 그의 수필에서 지적 즐거움을 맛볼 수 있는 것은 바로 이 왕성한 독서력이 바탕이 되고 있어서이다. 그러한 사실을 「운이 좋은 사람」에서 뚜렷이 확인하게 된다.

이번 수필집에 실린 그의 지적인 수필은 어느 한두 편에 한한 것이 아니다. 「새들은 페루로 가서 죽다」, 「아름다운 나이 듦을 위하여」, 『호모 에로스』의 세 가지 테제」, 「파레토의 법칙」, 「나무 비행기」 등등 상당수의 작품이 풍부한 독서가 바탕이 되어 쓰이어진 작품들이다.

「새들은 페루로 가서 죽다」에서는 프랑스의 소설가 로맹가리의 단편 「새들은 페루로 가서 죽다」를 원용하여 사람들이 누구나 한 번쯤은 의문을 품어 보았을 법한 새들의 최후에 대한 궁금증을 통해 인간의 마지막 기착지는 어디일까에 대한 의문을 풀어 놓았고, 「아름다운 나이 듦을 위하여」에는 수잔 스왈츠라는 여성이 지은 『나는 주름살 대신 터키로 여행 간다』에서 로즈와 조지 두 중년 여인의 삶의 방식을 대비하면서, 성형수술로 십 년은 젊어져 사십대로 보이는 로즈의 삶의 방식보다는 주름살 수술할 돈으로 터키 여행을 떠나는 조지의 삶의 방식에 높은 점수를 매기는 작가의 인생 철학을 녹여 내고 있다. 그런가 하면 『호모 에로스』의 세 가지 테제」에서는 에리히 프롬의 『사랑의 기술』(참고로 이 책의 원제는 「THE ART OF LOVING」이다)을 읽고서 사랑이 단순한 '기술skill'이 아니라 차원 높은 하나의 '예술art'임을 역설하고 있으며, 「파레토의 법칙」에서는 이탈리아의 사회학자인 파레토의 개미 연구를 통하여 우리 인생에서 소중한 것은 삶 전체의 5분의 1이라고 말하면서, 이 5분의 1에다 나머지 5분의 4의 정력을 쏟는 자세가 필요하다는 사실에 대한 깨달음을 작품화하고 있다. 한편, 수필집의 표제작인 「나무 비행기」에서는 프란츠 카프카의 소설 『변신』을 갖고 와, 한때 교사이었던 자신이 그 생활에 염증을 느껴 소설 속 주인공인 그레고르처럼 벌레가 될 것 같은 극도의 공포감에서 고통 받던 시절을 떠올리며, 수필가인 지금 치열한 작가정신으로 생을 의미 있게 갈무리해야겠다는 다짐을 밝히고 있다.

비단 위에서 언급하고 있는 수필들만도 아니다. 「부부는 무엇으로 사나」, 「애지욕기생」, 「아기 부처님의 설법」, 「니들이 예술을 알아?」, 「어떤 피서법」 등 거의 대다수 작품에 그의 다양한 독서 흔적이 구석구석 보석같이 박혀 있다.

앞서도 잠깐 언급한 바 있지만, 수필작가들이 우후죽순처럼 출현하면서 지나치게 개인사적인 자잘한 일상의 이야기에 매몰되어 문학성을 찾아보기 힘든 수필이 판을 치고 있다. 이것은 단적으로 말해 독서가 바탕이 되지 않아서이다. 이런 수필들은 독자들을 쉽사리 식상하게 만든다. 이것이, 지성을 정서화하여 글의 품격을 높이면서 독자들로 하여금 지적 즐거움과 함께 정서적 즐거움까지 동시에 선사하는 수필이 귀한 대접을 받게 되는 이유이다.

두 권의 책을 읽은 사람은 한 권밖에 읽지 않은 사람을 지배한다는 말이 있다. 그렇다면 자연히 세 권 읽은 사람은 두 권밖에 읽지 않은 사람을 지배한다는 논리도 가능할 것이다. 사람살이에서 그만큼 독서가 중요하다는 이야기다.

수필가 김용옥은 그의 수필집 『관음觀音·108을 쓰며』의 서문에서 이렇게 썼다.

"읽지 않는 자는 동물이 사는 것이다. 조금 읽는 자는 그냥 사람이 사는 것이다. 제법 읽고 사유하는 자는 사람답게 사는 것이다. 읽고 사유하고 실천궁행하는 자는 잘 사는 것이다."

독서와 사유의 중요성을 이만큼 절실히 표현한 글을 필자는 일찍이 보지 못했다. 이경재 수필가야말로 적어도 "읽고 사유함으로써 사람답게 사는 삶"을 사는 작가라고 해도 그리 지나친 표현은 아닐 줄 믿는다. 독서가 천대 받는 시대에 끊임없이 독서를 통하여 자신을 성찰하고 단련하는 그의 성실한 모습이 그 어떤 삶의 자세보다 아름다운 가치로 다가온다.

수필가 이경재는 여리고 소심한 심성의 소유자이다. 그의 이러한 심성이 어쩌면 작가와의 대화라고 할 수 있는 독서에 심취한 연유가 된 것은 아닐까 싶다. 독서를 통하여 복잡다단한 세상사에서 다친 마음을 치유 받고 삶을 건강하게 헤쳐 나갈 용기를 얻었을 것 같다. 더불어 책을 읽는 데서 일상의 즐거움을 찾고 있는 이 수필가의 인생 행보가 그의 수필의 품격을 높이는 하나의 요인이 되고 있다고 믿는다.

좋은 글은 독서에서 나온다는 말은 아무리 강조해도 지나치지 않는다. 이 말을 수필가 이경재가 글로써 증명해 주고 있다.


### 3. 해학으로 버무린 은근한 풍자 그리고 따뜻한 긍정

무릇 좋은 수필가가 되기 위해서는 세상 만물에 대하여 애정을 갖고 그것들을 가슴으로 품는 따뜻한 시선을 지녀야 한다. 특히 인간에 대한 사랑은 두말할 필요가 없다.

이경재 수필가가 바로 그렇다. 그는 늘 세상을 밝고 긍정적인 시선으로 읽으려 노력하는 작가다. 설사 조금 못마땅한 장면을 보게 되더라도 일단 해학을 곁들인 은근한 풍자로 가볍게 매질을 가하지만, 궁극에는 거기서 아름답고 귀한 면을 찾아내어 따뜻한 긍정과 사랑의 마음으로 보듬고 있다. 이는 그의 가슴속에 세상과 사람을 향한 사랑의 인자가 내재해 있기 때문이 아닌가 싶다.

이 수필가의 이러한 성향이 잘 드러나고 있는 대표작으로 「요즘 젊은것들, 참 괜찮다」를 꼽을 수 있을 것 같다. 이 수필은 제목에서 벌써 해학과 풍자로 시작하여 따뜻한 긍정으로 귀납하는 그의 창작기법이 읽혀진다.

나이 든 사람들은 젊은 사람의 행동이 마음에 차지 않을 때 일쑤 '요즘 젊은것들'이라는 말로 불만을 드러낸다. 중년의 고갯마루를 넘어가고 있는 이 수필가로서도 그와 비슷한 심사이었음에 틀림없다. 그런데 여기서 끝나고 말았다면 단순한 세태비판에 그쳤을 것이다. 이어지는 '참 괜찮다'가 반전의 묘미다. 곧 제목에서 이미 역설적인 기법을 사용함으로써 독자들을 확 끌어당기는 효과를 거두고 있다.

'요즘 젊은것들'은 굳이 어느 시대를 가릴 것 없이 인간의 역사가 생겨난 이래 늘 있어 온 말이다. 아득한 옛적인 사천년 전의 피라미드 안에 이미 "요즘 젊은것들 버릇이 없다"는 낙서가 새겨져 있다지 않은가. 이처럼 '요즘 젊은것들'은 세대 차이라는 것이 동서고금을 두고 항시 존재해 온 보편적인 현상이며, 시대를 관통하여 젊은이에 대한 기성세대의 못마땅함을 드러내는 아이콘이다. 따라서 이 수필은 그만큼 공감대 형성에 성공하고 있는 작품이라는 평가가 가능하다.

늙은이들은, 젊은이가 사치를 좋아하고 버릇이 없으며 권위를 무시한다고 말한다. 어른을 공경하지 않고 부모나 선생의 말을 듣지 않는다며 불평을 늘어놓는다. 게으르고 자기 외에는 관심이 없으며 교훈대신 잡담을 좋아한다며 흉을 본다.

– 「요즘 젊은것들, 참 괜찮다」 중에서

그는 기성세대의 그러한 고정관념에서 일찌감치 벗어나 있다. 그가 바라보는 젊은이들은 활달하면서도 진취적이고 개성이 강하면서도 영민하다.

하지만 이런 모습은 잊고 있었던 예전 젊었을 적의 자신의 모습이기도 하지 않은가. 약 일만 년 전 구석기 시대의 알타미라 동굴 속에도 있었다던 '요즘 젊은것들'에 대한 개탄 글은 늙은이들의 심술에 지나지 않을 듯하다.

젊은이들이 멋지고 근사한 유명 연예인을 모방한 듯 상의만 걸친 것 같은 차림으로 다녀 하의의 행방을 이리저리 수소문하게 하여도 나는 전혀 개의치 않는다. 한여름, 젊은 여성들이 가슴 부위만 겨우 가린 차림을 해도 그들이 품위 없기는커녕 경쾌하기만 보인다. 아직 앳돼 보이는 연인들이 바로 눈앞에서 클림트의 관능적인 그림 <키스>의 남녀 행동을 그대로 재연해 시선 처리에 어려움을 느껴도 내가 촌스러운 탓이라 여긴다. 길거리에서 뒷모습만 보고는 백인들과 전혀 구별 되지 않는 금발 황색인들을 자주 본다. 한데, 노란 머리카락마저도 젊은 그들과는 묘하게 어울리는 듯하다.

– 「요즘 젊은것들, 참 괜찮다」 중에서

신랄한 풍자보다는 따뜻한 시선 쪽으로 무게 중심이 실린 작품
도 보인다. 그러한 성향이 잘 드러나고 있는 수필로는 「'까톡'대신
'까꿍'을」을 들 수 있겠다.

이 수필가는 어느 날 외출을 나와 버스를 타게 된다. 버스 안에
서 젊은 엄마가 아기를 앞으로 업고 스마트폰에 열중해 있는 장면
을 목격한다. "어린애라면 사족을 못 쓰는" 그이고 보면 그 장면이
와락 그의 흥미를 끌었던 모양이다. 그런데 아기 엄마의 행동에 시
선이 꽂힌다. "스마트폰 삼매경에 빠져 어린 아들이 안중에도 없
다." 그 모습이 그를 안타깝게 한다. "무심한 엄마에게서 녀석을 며
칠만이라도 빼앗아 내 품에 안고 놀아주고 싶다."는 한 문장이 그
의 그러한 심사를 웅변하고 있다.

하지만 그가 아기 엄마에게 갖는 마음은 질책이나 비난보다는
살가운 토닥임이다. "폰에게 '까톡까톡' 하는 대신에 아기에게 '까꿍
까꿍' 하세요."라는 말로 아기 엄마에게, 세상에는 자식보다 더 소
중한 것이 없다는 사실을 하루 빨리 깨달았으면 하고 빌어주는 그
의 행동에서 그러한 내면은 잘 드러난다. 그 도타운 마음이 마치
친정어머니가 딸을 대하듯 따사롭게 다가온다.

저 엄만 아직 모른다. 아이가 조금만 더 크면 아무리 같이 놀자고 해도
안 놀아 준다는 걸, 그 때부턴 또래들만 찾는다는 걸, 자식이 엄마바라
기를 하는 순간이 얼마나 짧은지를.

- 「'카톡'대신 '까꿍'을」 중에서

이 수필가는 작품 속 아기엄마의 모습을 보면서 아마도 지난날
의 자신을 떠올렸으리라. 아무래도 초보 엄마는 세상 모든 일에 서
툴기 마련이다. 그래서 아이가 크고 났을 때 '아! 그 때 좀 더 잘해
주었더라면……' 하고 후회하게 된다. 이것은 비단 이 엄마만의 문
제가 아니라 세상 어느 엄마 없이 비슷한 경우일 것이다. 그가 본
성적으로 문제엄마라서 그러하기보다는 아직 세상을 사는 지혜가
부족해서일 터이다. 그런 작품 속 엄마를, 자신의 지난날과 견주어
보며 따뜻한 마음으로 보듬어 주고 있다. 이 작가의 아름답고 고운
심성을 읽을 수 있는 대목이다.


## 4. 자기 성찰을 통한 세상 보듬기

어느 누구도 완벽한 인생을 살 수 있는 사람은 없다. 그러기에
늘 지난 삶은 미진하게 여겨지기 마련이다. 이러한 결핍을 수필로
써 다스리고 생을 보다 의미 있게 가꾸어 갈 수 있다. 따라서 수필

은 자기 고백을 통하여 지난 삶을 돌아보고 살핌으로써 반듯한 인격체로 거듭나게 해 주는 훌륭한 방편이 된다.

수필을 두고서 흔히들 '인간학'이라는 말을 한다. 이 말이 아주 잘 어울리는 작가가 이경재 수필가이다. 그의 미덕은 반듯한 인격에서 찾을 수 있을 것 같다. 그는 남들의 삶을 통하여 자신을 돌아볼 줄 아는 지혜를 지녔다. 세상살이 과정에서 만나는 못마땅한 일들조차도 남을 비판하기에 앞서 스스로를 돌아보며 자신의 모습을 바르게 가꾸어 가려 애쓴다. 이러한 주제의식을 담고 있는 작품들로는 「내 귀는 달팽이 귀」, 「도긴개긴」, 「내 안의 우는 아기」, 「바보」 등을 들 수 있겠다.

「내 귀는 달팽이 귀」는 상추를 씻으면서 발견하게 된 달팽이를 보면서 스스로를 돌아보고 있는 수필이다. 달팽이는 이빨은 많이 가졌지만 귀가 없는 동물이다. 작가도 이 달팽이처럼 친하게 지낸 글벗 한 사람이 건네 오는 답답하다는 호소에 귀를 막아버린 적이 있었던가 보다.

글벗 한 사람이 모임에서 탈퇴를 하겠다는 글을 남겼다. 자신의 사정을 어렴풋이 알렸으나 그의 정확한 심정을 헤아리기가 쉽지 않았다. 기회가 있을 때마다 이런저런 이야기로 여러 차례 마음의 추위를 하소연했었다. 하지만 우리 중 누구도 그의 말을 들어주는 귀를 갖지 못했기에 그를 따뜻하게 감싸 안아 줄 수 없었다.

그는, 제가 하고 싶은 말만 그럴듯하게 포장해 내뱉으면서 남이 하는 말은 하나도 알아듣지 않으려 하는 우리 모두, 존재하지 않는 달팽이 귀를 가졌다고 여겼을 것 같다. 젊었을 때부터 "사람은 입은 하나이고 귀는 둘이니 최소한 내가 말하는 것의 두 배로 남의 말을 들어야 한다"며 떠들고 다녔다. 그런데 오늘까지도 여전히 그 말과는 정반대로 귀는 한가하게 버려두고 입만 바쁘게 부린다. 이러다간 어느 날 아침 거울 속에서, 작아진 귀는 아예 달팽이 귀처럼 없어지고 대신 커진 입은 하나 더 생긴, 입체파 화가의 그림에서나 볼 성싶은 얼굴과 맞닥뜨릴지도 모를 일이다.

– 「내 귀는 달팽이 귀」 중에서

그는 두 번 다시 되돌릴 수 없는 그때의 상황을 아프게 뉘우치면서, 타인의 고통에 귀 기울이는 반듯한 인격체로 거듭나야겠다는 마음을 이 수필을 통해 다지고 있다.

그런가 하면 「도긴개긴」은 종업원에게 대하는 손님의 말투에 따라 커피 값이 다르게 매겨지는 프랑스 남부의 한 카페 이야기를 듣고 와서, 작가 자신이 그 가게의 손님이었다면 과연 어떤 값을 치르게 되었을까를 상정해 보고 있는 수필이다. 가는 말이 고와야 오는 말이 곱다는 우리 속담을 떠올리게 만든다. 그러면서 화제를 돌려 "연전에 모 재벌 2세가 땅콩 서비스 문제로 비행기 안에서 갑질 행세를 하여 사회적 지탄을 받은" 사연을 꺼내며 자신에게도 살아오면서 그와 유사한 행위는 없었던가를 돌아보고 있다.

돈을 더 내야 함에도 직원들에게 먼저 인사를 하려 하지 않는 나의 심리 기저를 들여다본다. 거기에는 서비스를 하는 그들이 소비자인 내게 먼저 알은 체하는 걸 당연시 하는, 상대적으로 자신이 우위인 갑이라 여기는 속물근성이 있는 듯하다. <중략> 돌이켜 생각하니 나 또한 아주 소심하지만 갑 행세를 했었던 부류가 아니냐 싶다. 어찌 여태껏 내 눈에 든 들보는 보지 못했을까. 이순이 넘도록 낯닦음만 해왔다는 뒤늦은 자각에 낯이 뜨뜻하다.

- 「도긴개긴」 중에서

한편 「내 안의 우는 아기」는 어릴 때부터 형제자매들 사이에서 차별 받으며 자라 왔다고 느끼는 트라우마를 지닌 작가가 어느 날 턱낫한 스님의 강연을 들은 것을 계기로 하여, 마음속에서 끓어오르는 분노를 "내 안의 우는 아기를 그윽한 마음으로 끌어안아야 한다는 가르침으로 받아들이며 스스로를 다스려 간다"는 이야기를 다루고 있으며, 「바보」는 신천 둔치에 산책을 가서 만난 한 바보의 때 묻지 않은 행동을 통해 인간의 진정한 모습을 만나게 되면서, 그로 인하여 지금껏 잘난 체하며 살아온 자신의 지난 삶에 대한 뉘우침을 형상화하고 있다.

연전에 K대 강당에서 있었던 틱낫한 스님의 강연이 뇌리를 스친다. 들릴 듯 말 듯 하는 조용한 음성이 마음을 사로잡았다. 일상의 분노가 저절로 녹아 없어질 것 같았다. 통역자로부터 전해들은 강연의 요지는 "화는 우리의 적이 아니라 내 안의 우는 아기다. 그윽한 마음으로 화를 끌어안아야 한다."는 것이었다. 분노가 울고 있는 아기라고 생각하면 당연히 그 칭얼거림에 귀를 기울이고 소중히 보듬어 안아 달래주고 보살펴야 할 터이다.

낯모르는 이가 거리에서 말 같지도 않은 말을 걸어와 자존심을 다쳤다며 짜증을 부렸다. 하지만 아무리 잘난 척해도 육백여 초 남짓 숨을 못 쉬거나 석 달 열흘쯤만 굶으면 죽고 말 것 아니겠는가. 특별하다는 자만심을 버리고 때때로 끓어오르는 분노를 다독이며 살아야 할 성싶다.

- 「내 안의 우는 아기」 중에서


바보란 남을 속이거나 모함할 줄 모르며 일체의 권력과 금력과 명예욕에도 초연한 사람을 일컫는 아름다운 단어 아니랴. 비평가 포프는 정직한 인간이야말로 신이 창조한 작품 중에서 가장 기품 높은 것이라 말한다. 더구나 바보는 인간에게는 필수적인 존재여서 동네마다 최소한 한 명씩은 확보되어 있다고도 하지 않던가. 어쩌면 그 여름날 나는, 신이 김수환 추기경만큼이나 정성들여 빚었을 빛나는 걸작 한 점을 혼자 마주하는 행운을 누렸었는지도 모르겠다.

나는, 사람들에게 보거나 듣거나 읽은 것 따위를 모조리 떠들어대며 젠체했었다. 내키지 않으면 내 머리카락 하나를 뽑아서 천하가 이롭다 한들 나는 그 짓을 아니 하겠노라며 치기를 부렸었다. 한마디로 잘난 척하며 이기적 성향을 그대로 드러내는 품격 낮은 피조물이었다.

- 「바보」 중에서

## 5. 팔색조 같은 수필을 기대하며

세상에 수필가는 많지만 좋은 수필가는 드물다. 이경재는 주로 지적인 수필로, 지금 현재도 좋은 작품을 쓰는 작가임에는 틀림없다. 하지만 더욱 명망 높은 수필가로 자리매김할 수 있기 위해서는 팔색조 같은 작품들을 쓸 수 있는 역량을 길러야 할 것이다. 지금의 지적인 수필에다가 때로는 서정성 짙은 수필, 때로는 실험적인 수필, 때로는 풍자적인 수필, 또 때로는 세태 비판을 담은 칼럼적인 수필 등도 시도해 볼 것을 권한다. 많은 독서체험을 지닌 이 수필가이기에 얼마든지 해낼 수 있는 충분한 역량을 지녔다고 본다.

책을 한 권 낸 사람은 책을 내지 못한 사람보다, 두 권 낸 사람은 한 권 낸 사람보다, 세 권 낸 사람은 두 권 낸 사람보다 가치 있는 인생을 살았다고 필자는 굳게 믿고 있다. 책을 내는 것이 세상살이에서 그만큼 값진 일이 되기 때문이다. 물론 거기에는 얼마나 탄탄한 중량감을 지닌 책이냐의 문제가 전제되어야 할 것이긴 하겠지만.

이 수필가도 창작에 대한 지금의 열정을 더욱 더 활활 불태워서 앞으로 꼭 제2, 제3의 수필집을 세상에 내어 놓을 수 있기를 기대한다. 그 때는 지금보다 한층 다양한 형식과 다양한 내용으로 독자들의 사랑을 받게 될 것임을 믿어 의심치 않는다.

참한 옷을 입혀 첫 수필집을 세상에 선보이는 이경재 수필가에게 뜨거운 축하의 박수를 보내며 앞날의 문운을 빈다.

글 이경재 | 그림 박헌성 | **발행인** 김윤태 | **발행처** 도서출판 선 | **북디자인** 디자인이즈
**등록번호** 제15-201 | **등록일자** 1995년 3월 27일 | **초판 1쇄 발행** 2017년 11월 28일
**주소** 서울시 종로구 삼일대로 30길 21 종로오피스텔 1218호 | **전화** 02-762-3335 | **전송** 02-762-3371

값 16,000원
ISBN 978-89-6312-570-1 03810